石文龙 ◎ 著

回归
纯真

百花洲文艺出版社
BAIHUAZHOU LITERATURE AND ART PRESS

图书在版编目（CIP）数据

回归纯真 / 石文龙著. -- 南昌：百花洲文艺出版社，2022.7
ISBN 978-7-5500-4720-4

Ⅰ.①回… Ⅱ.①石… Ⅲ.①散文集 - 中国 - 当代②
日记 - 作品集 - 中国 - 当代 Ⅳ.①I267

中国版本图书馆CIP数据核字（2022）第080322号

回归纯真

HUIGUI CHUNZHEN

石文龙　著

出 版 人　章华荣
责任编辑　郝玮刚　蔡央扬
书籍设计　黄敏俊
制　　作　何　丹
出版发行　百花洲文艺出版社
社　　址　南昌市红谷滩区世贸路898号博能中心一期A座20楼
邮　　编　330038
经　　销　全国新华书店
印　　刷　苏州彩易达包装制品有限公司
开　　本　720mm×1000mm　1／16　　印张　17.25
版　　次　2022年9月第1版第1次印刷
字　　数　222千字
书　　号　ISBN 978-7-5500-4720-4
定　　价　55.00元

赣版权登字　05-2022-88
邮购联系　0791-86895108
网址　http：//www.bhzwy.com
图书若有印装错误，影响阅读，可向承印厂联系调换。

序言

序言为入书之帘，或者说入书之门，也往往是与读者的较早的相遇，这里重点说一说本书的书名、结构与作品的由来。

一、关于纯真：人类至美的情感

关于本书的书名，我首先想到的是人类曾经有过纯真年代，只是各种表述不同，圣经将其描述为亚当与夏娃生活的"伊甸园"，那时，两个人赤条条地、无忧无虑地生活，没有任何羞耻之感，是最典型的纯真年代。纯真是人类至美的情感，故世上有一种理想叫作重回伊甸园。这个社会没有阶级，没有剥削，也没有压迫，人与人之间是平等的关系。自古以来，我国学者将其描述为路不拾遗、夜不闭户、民风淳朴的社会。反观现代社会，多了虚伪，多了冷漠，少了真诚与热情，特别是少了正义感，多了残酷的"镰刀与收割"，等等。于是乎人们脸上清纯的笑容不见了，眉宇间舒展的安详不见了，喉咙里清纯的歌不见了，等等，难道这就是现代人所毕生追求的吗？这一现象值得我们深入反思。故此，以回归纯真为书名，想借此表达现代人内心深处的反思与迷茫。

二、本书的结构与主题

1. 结构

就结构而言，本书在谋篇布局方面除了序言与后记外，由正文与附录构成。序言与后记部分可以帮助读者了解作者的创作动机、时代背景等。正文部分包括《散文篇》《法治随笔篇》《诗歌篇》三章。附录部分为《我的家族史》，包含《我的族谱》等三张图表，该部分由石鸣扬完成。

在内容方面，正文部分的散文、随笔、诗歌展现了20世纪80年代以来的社会变迁，讴歌了改革开放时代的精神风貌与时代的壮丽。附录部分总体反映了20世纪40年代至70年代石鸣扬的个人家庭生活。整部书具有地理、人文等多重意义与价值。

2. 本书的主题：两代人的青春之歌

本书展现了两代人的青春之歌，正因为是两种不同时代的青春之歌，注定会呈现不同的样式，这也有助于我们进行比较。事实上，这里展示了走出乡村者与回到家乡者两者不同的人生思考与轨迹。青春之魅力在于这是我们走向社会的最初成长阶段，因此在成长中注定了会有一种特有的纯真，而且这份纯真又是那么地短暂，所以才更加难能可贵，所以才更加令人难忘，这也是本书取名为《回到纯真》的重要理由之一。

三、关于作品的由来

这些作品的来源不一，其中的散文主要是我们学校校报的约稿、投稿等，法制随笔主要是有一段时期给《法治日报》等报刊的稿件，诗歌则是自我入大学以来陆陆续续创作的作品。诗歌由来已久，是人类早期就已经实践的最纯真的表达。众所周知，中国是诗词大国，中国古代诗歌开端是《诗经》，这是最早的一部诗歌总集，其内容丰富，反映了周初至周晚期约500年间的社会面貌。战国时期的楚国诗人、政治家屈原，有"中华诗祖"之誉。屈原的出现，标志着中国诗歌进入了一个由集体歌唱到个人独创的新时代，故1953年屈原被推举为世界四大文化名人之一。因此，关于诗歌的地位，有"诗乃文学之祖，艺术之根"一说。中国古代诗歌的鼎盛时期是唐宋时代，唐诗宋词构成了这个时代独特的文化风景。对中国人乃至于每一个华人而言，唐诗宋词几乎是无人不知、无人不晓、无人不爱的。

现代诗也叫"白话诗"，最早可追溯到清末，主要是指五四运动以来的新体诗，其特点是用白话语言写作，不拘泥格式和韵律。中国现代诗的现状主要表现为：写诗的人多读诗的人少；作品多、精品少；大众能够接受、喜爱的现代诗人越来越少，不少人提出"现代诗让人看不懂"的想法。尽管如此，中国人对"诗与远方"依然有着根深蒂固的执着，所以才有了"这个世界不只有眼前的苟且，还有诗与远方"一说。当然，这里的诗是不是包括现代诗，是不是实指是"诗"等都值得思考，同时需要更加深入思考的是：现代人真是爱诗与远方吗？现代人口口声声所谓的诗与远方，这是当真的吗？但不管怎样，中国人对诗有着特别的情感，表现在小孩子的早期教育中离不开诗，如《咏鹅》《咏柳》等。

今天，中国的诗歌到底有怎样的未来？我想这可能是该领域的专家也难以回答的，只能通过大量的社会实践进行摸索、思考。借助这部作品，我将我的诗歌、散文等作品出版也是想投入到这一场实践探索之中。大学期间，我曾担任过学校方塔诗社的社长，组织过诗歌朗诵会等活动，担任过校广播电台的编辑，等等。现将这些作品进行筛选，将其中一小部分编辑成册，这不仅是对作品做一次整理与推广，也是对青春岁月的一种记忆，完成自己一个不自觉的凤愿。回头看看这些作品，感受那时的情感与生命的躁动，也是对自我的一次重要的审视与认识，我在过去的时光里看见了自己的影子，因此，我也更加明白与珍惜现在的自己。当然，更为重要的是希望通过自己的写作实践，来探索中国诗歌的未来。至于这本书的最终效果如何，这将有待时间与社会的多重考验与自然选择，但是不管最终效果如何，我想这一探索对现代诗的发展多多少少还是有益的。

我们曾经拥有纯真，面对复杂的世界需要纯粹与真诚，在高速发展与追求幸福生活的今天不能丢失纯粹与真诚。

是为序。

石文龙

2021年12月13日

目录

散文篇

养心的价值

商品经济的发展使得人变得越来越易被外在的物质所引诱，似乎人的价值完全以拥有物质的数量与质量来衡量，而对人的内在的世界越来越忽略。同时，在这一时代，我们的心灵也被物质占领得越来越满，而精神空间越来越小，造成了心灵的窒息。因此，现代人变得越来越脆弱，我们精神家园越来越小，我们的心灵越来越疲惫，这也是我们不快乐的原因之一。

古人云："种树必先养根，种德必先养心"，事实上无论是快乐还是成功，都首先来自我们的内心世界。值得注意的是，我们在强调人与自然的关系，人与社会的关系，以及人与自然的和谐，人与社会的和谐的时候，却忘记了最基本的和谐，那就是人与自己的关系。虽然也有人注意到了人与人的关系，但是他们所谓的这种人与人的关系，一般而言并不包括人与自己的关系，而是人与他人的关系。因此，今天的和谐思想应当包含自己与自己的和谐这一内容。而养心的价值在于让自己的各个部分，如思想与行为等各方面协调起来，从而形成内在的和谐。

心，是我们行为的动力源与发动机，这一动力源或者发动机需要不断地加油，充电而使其始终充满动力与能量。因此，我们需要停下我们匆忙的脚步来进行学习与思考，以增加一点知识的营养，解决一些人生中的问题。在人生的路上，我们为什么疲惫，甚至心力交瘁？这一疲惫来自对我们大千世界的长期性的迷茫，对我是谁，我要去哪里等千古问题的长期性的迷茫，这一问题需要我们不断学习以不断地接近真理。

心，是我们自己灵魂的港湾，我们需要一次放松，需要一点休调，需要让奔腾的心"安静"下来。在大千世界里，我们还需要不断地进行调整，我们常常要做一些放弃，删除那些人生不需要的内容，以对人生做一次整枝。这些问题，需要我们静下来听从内心最真切的呼唤，以求得最佳答案。

心，是精神的家园，是生命之根。因此，在物质泛滥的时代，我们需要排除各种杂念与诱惑，而不是被各种欲望网住，成为欲望的奴隶，使得精神始终处于超负荷的状态下，负重前行。也正因为精神的超额负重，使我们的思想不能远行。

正如我们每天的刷牙、洗脸一样，在每日必做的内容上，我们还需要增加养心的内容。比如每天要为自己心灵做一次沐浴，让自己的精神清清爽爽，神清气定，而不是蓬头垢面甚至伤痕累累，对过去需要不断"清零"。我们需要为自己的心灵除草，让自己的心灵郁郁葱葱，而不是杂草丛生，以使自己的心灵形成一种"气场"。

"心有多大，世界就有多大"，这一无意间被我们人类意会到的理念，包含了很多积极的内容。它至少告诉我们要像关怀世界一样，关怀我们的心灵。我们日常生活所表现出来的只是"冰山的一角"，而我们的内心却是巨大的"冰山"。所以我们主张控制好了自己，就能控制好世界。控制好自己，我们自然就会形成一个好的心态，我们就会心平气和地做事行事，而不是成天匆匆忙忙，心浮气躁。我们需要修炼与开发"内在自我"中的力量与静功，这是我们与社会博弈的基础。因此，如果"我们不能改变世界，我们只能改变我们自己"一说有合理性的话，那么我们更主张"如果我们改变了自己，那么我们就也能够改变世界"。

每天关注与清理你的"精神容器"

每天早晨起来，我们都要洗脸、刷牙，周而复始，为了一个新的开始，我们每天重复着诸如此类的清洁工作。在学习与工作中，我们同样需要关心精神卫生、心理卫生，需要每天关注、培育自己的"精神长相"。举例来说，生活中谁都渴望成功，但有些人在追求成功而尚未付诸行动之前，就首先在心理上发生了动摇，他们会这样说："嗨！我能成吗？""我看这次失败的可能性大。""试试吧，失败也无所谓。"于是他们果真失败了，而这种失败，又成了一个信息储存起来，并在下一次行动时，进一步恶性循环。"嗨，我天生不行！"他们这样说着，就开始放弃努力。一位学者说得好：成功是一种习惯，正如失败也是一种习惯。

让我们听听一位较早的一位世界高尔夫球运动员尼古拉斯的一段发人深省的话吧！他说："人的精神世界可以看成只有一升容量，胜者时常留意的是在里面装满积极的思考，他们每天思考的是如何正确而出色地打出那些球。若说平常人之所以成为平常人，那是因为他们在只有一升的容器里，至少装入了一半的怀疑。他们不是想怎样能打好那个球，而是想怎么打能不失败。"生活中尼古拉斯从不让失败、疑虑在他的心中有丝毫占地。当别人的精神时而这、时而那，混乱不堪的时候，他却一个劲儿地盯着"成功"。后来，尼古拉斯将自己在体育上表现的这种出色的才能，应用到生产经营中，同样获得了惊人的成功。

尼古拉斯的故事指出了成功的一个关键因素——自我感觉。所谓自我感觉就是一个人对自己的外貌体形、人格个性、社会价值等的认识和评价。一个人的自我感觉影响着他的言行举止，影响着他的人际交往，而且，人的自我感觉还能产生一种"自我应验效应"，就是说当你认为自己不行的时候，那结果还真会像你所想象的那样。因此，你如果认为自己缺乏魅力、令人讨厌、事业上无所成就，那么，你就不能与那些觉得自己有魅力、讨人喜欢、事业上有成就的人以相同的方式去对待生活。要说人与人之间在成长过程中是怎样形成差别的，我们认为是因为人的自我感觉，积极的自我感觉往往会引发成功的结果，而成功的结果又强化了积极的自我感觉，并在下次行动中，产生更加成功的结果。这种良性循环，使一个胜利者成其为胜利者。

因此，我们不能把成功仅仅归结为方法和毅力等因素，成功离不开这些因素，但更离不开积极的自我感觉，它会为你的刻苦努力与成功所不可缺少的人际关系等方面提供不竭的精神动力和心理支持。因此，如果你想成功，你必须首先让内在的自我成功。正如一句名言所说：如果你想说服别人，请先说服你自己。

要让内在的我成功，就意味着从今天起，要树立起积极的自我感觉，别再一味否定自己，要像尼古拉斯一样，把怀疑、失败等字眼从你的"精神容器"中清除出去，当你决定干一件事的时候，坚信自己一定会干得漂亮。当然，这也有个思想习惯问题，一开始可能不会完全做到，任何事情都会有一个过程。此时，你可以这样想：这件事，我或者成功，或者失败，它们的概率都是50%，如果我把精神集中在成功上，那么至少还有50%的可能性赢，如果我把精神集中在失败上，那我100%地输了，想想看，哪个更为划算一些？

别自暴自弃，多看到自己的优点，相信你同样是独一无二的，这是人的一种自爱能力，同样是开发自己、完善自己的一股动力，试想，一个对自己都没信心的人，哪儿还会有什么成功可言。

宁静的力量

如今我们每天处在大量的信息之中，我们常常也不免有被信息"淹没"的感觉，因此可以说这是一个喧嚣的时代，如何在喧嚣的时代把握好自己值得我们每个人深入地思考。

有一则木匠故事广为流传，说的是有一个木匠，在自己家的院子里干活。他的生意非常好，每天从早到晚，院子里锯子声和锤子声响成一片，地上堆满了刨花，堆满了锯末。一天晚上，这个木匠站在一个很高的台子上，和徒弟拉大锯，锯一棵大树。一不小心，他手上的表带甩断了，手表就掉在地上的刨花堆里。当时手表可是贵重物品。这个木匠赶紧和徒弟打着灯笼一块儿找，却怎么也找不到。木匠一看，也没办法，等天亮了再找吧。这个木匠就收拾收拾，准备睡觉了。过了一会儿，他的小儿子跑了过来："哎！爸爸，你看你看，我找到手表了！"木匠很奇怪："你怎么找到的呢？"小孩说："你们都走了，我就一个人在院子里玩。这时院子里很安静，我忽然听到嘀嗒嘀嗒的声音，我顺着声音找过去，一扒拉就找到手表了。"

在非常喧闹的环境下，我们自己常常会心神不宁，很难集中注意力，因此无法听到手表指针走动的声音。这个故事告诉我们在喧嚣的环境中，需要放松心情，放松自我，安静自己的心灵，而后方能找到生活的本真。这正是宁静的力量，对此，武术界还有一种说法叫作"以静制动"。

我们的人生也是这样，我们所经过的岁月需要在宁静的心态下进行沉淀，沉淀以后岁月就如同打磨、整理好的作品，可随意翻阅、欣赏。回望过去的日子，感觉生活就会如同一泓清水，清澈见底，在这里可以照见蓝天，看见白云。今天我们生活表现的状态常常是浮躁的，这是一种飘浮不定的心灵状态，带着这一状态工作与生活，往往呈现出过于关注今天的幸福与快乐的态势，所谓"今朝有酒今朝醉"，过于计较于每天的收获与满足，追求即时性的快乐与满足。事实上，世间有一种美好叫等待，等待花开，等待自己的人生花季一天天地到来。阳光总在风雨后，生命需要成长，人生需要历练。幸福人生需要储存，酝酿一个个今天，让他在未来发酵，而不必非要逼自己今日就成功。

今天很多人梦想着一夜成名、一夜暴富，操之过急正是宁静心态的大敌，它使平静的生活转变为一场焦虑，于是岁月静好不再。因此，在这个喧嚣的世界，要练就"不为所惑"的本领。例如当面对今日高校各类课题、各式奖状等如雪片般飞舞，各类评比此起彼伏，络绎不绝时，你的感受、心态如何？一直在思考古人和现代人相比谁更幸福。答案会因人而异。尽管如此，有一点可以肯定，古人要比现代人生活得更加简单、淡定与悠闲。

生活中有一种智慧叫"世相万变，我心不变"，在不变之中，我们能够体会并且享受宁静的力量。

身忙心闲

——忙碌之间把握好自己的生活节奏

在今天这个快节奏、高强度的社会，职场上的都市人，几乎人人每天都是堆满了工作，忙忙碌碌，这时如何调整自己的心态，把握自己的生活与工作节奏至关重要。

首先就工作的繁忙而言，有所谓"哪里的工作不辛苦""哪一样工作不辛苦"一说。当然农村的情况例外，农村人在农闲时每天都可以打麻将、打牌等，这已经成为中国当下农村生活的一道独特的风景。其次，对城里的职场人而言，如何改善工作方法值得思考。关于工作方法，常听人介绍的经验是要学会"弹钢琴"，而对所谓"弹钢琴"各人理解不一，就其要点而言，就是每天抓住重点、要点工作，同时做好人生减法、工作减法，删除那些不必做的，以强化该做的事。例如对实在没有时间并且可以不去开的会议，包括学术会议就"减"，以把握住自己的时间。当然在做减法的时候，有的时候也难免删除一些有意义的工作，只能下次吸取经验教训，提升"减"的质量。当然，所谓的减法其实只是一个理念而已，对我们大多数人来说，总体工作量其实每年都在增加。因此，关于工作方法还有另一层含义，就是如何在加减法之间做好平衡，或者说综合性地做好人生的加减法，包括在工作总量增加的情况下，如何把握好事情的轻、重、缓、急，合理地安排好自己的工作计划与每天的工作。

在忙碌之间需要注意的是忙而不乱，并且在工作的匆忙之中不要出现差错，因为一旦出错，则往往需要双倍的精力予以更正。对我们教师而言，就是要在授课中说好每一句话。如果万一偶尔有一句说得不妥，要及时或者下一次注意进行有效的更正，当然，这种更正次数也应该是极少的。

那么在匆匆岁月里我们的工作境界是什么？答案之一是努力做到身忙心闲，就是调节好自己的心态与节奏，处理好加减之间的平衡，处理好忙与闲的关系。具体而言，首先是处理好工作与休息的关系，包括处理好自己的事业发展与休整的关系。工作是否需要设置休整期？答案是肯定的，因为人生不是一路狂奔。现代的劳作制度有诸多的合理限制，例如海上有休渔期，陆上有休耕期，等等。那么我们的教学、科研是否也应有"休渔期、休耕期"？答案是肯定的，通过修整以缓冲、沉淀自己，调整、升格自己，及时对自己进行知识、方法等方面的充电，以避免"竭泽而渔"或"职业倦怠"，避免人生焦虑。其次通过丰富自己的业余生活改善自己的生活状态，如可以以唱歌、锻炼等多种方法调节自己的心情。当然具体如何安排自己的业余生活，各人可以根据自己的情况进行调整、选择。对我而言，我户外锻炼的情况不多，每年都要在学校的操场上至少跑一次步，哪怕是跑他一圈。同时我锻炼的秘诀是把上课当锻炼，把工作视为锻炼，这也是一种难得的心态与方法。

值得一提的是，今天有一种生活方式在欧美流行，并已影响我国，那就是"慢生活"，所谓慢餐饮、慢旅游、慢阅读等等。因此，今天对富兰克林的格言"时间就是生命，时间就是金钱"我们需要合理地对待。因经济条件等因素的限制，慢生活不一定完全适合我国，但我们完全可以将这一理念有效地应用到我们的生活之中，如太极拳、瑜伽、健步走等的流行也正是慢生活理念的体现。

总之，在日常的忙碌之间，我们需要随时调整好心态、安排好自己的节奏，以享受生命之安详与宁静，其实这种安宁也才更加接近生命之本真。通过把握好人生的忙与闲、快与慢等，跳好我们现代人在新时代的人生舞蹈。

七尺讲台

七尺讲台，这是一个由讲台、黑板、黑板擦、粉笔构成的五彩世界，在这个平台上，老师开始了自己的职业生涯。七尺讲台，这是老师一个独特而又无限的空间；七尺讲台，它如科学与知识的海洋里的一片绿洲，老师就是这个绿洲上的执行官；七尺讲台又是老师的权威的象征。七尺讲台，正是以老师为中心，建立起了一个纵横驰骋的知识王国，这是一个只能由老师独自享有别人无法体味的空间，在这里，老师就是知识与智慧的化身。在知识经济的时代，老师更是旗手，既是先进文化的代表与象征，又是先进文化的传播者。对许多学子而言，他们人生中最宝贵的青春年华是与讲台相伴的，因此，讲台又成为他们人生岁月里一个不可磨灭的亮点或印记，在走入社会后，这一印记仍会被终身铭记。

但另一方面，拥有七尺讲台，则意味着备课、批改作业、出卷、批改试卷等一大堆艰苦繁杂的工作，而且，日复一日，年复一年，似乎又看不出什么变化，因为学生这一"产品"是否合格，还要等到毕业后，最后到社会生活中去检验，而且，在学校里成绩如何，有时并不代表这个学生将来发展的最终结果，所谓"百年树人"，这也是教师产品的"滞后性"。因此，这又是一个艰辛的工作。支撑起小小讲台的是学校的各种各样的纪律、制度，还有国家的法律，以及学生们的评价等，老师是否能够平稳地站在讲台上，取决于老师的知识水平、科研能力、创新能力、管理学生的能力等等。一般而言，老师的成功是从讲台开始的，也有的老师不能在讲台上平稳地讲下去，直到最后离开讲台。因此，小小讲台有时也是沉重而又沉重的，这方面也诞生了许许多多的故事。七尺讲台，每个老师在这个平台上创作了不同的故事，新的时代，让我们记住历史，并且超越历史。

新的时代，赋予讲台更多、更深的含义，教师工作已不仅仅局限于讲台，因为老师要有大量的时间从事科研活动，用自己的精神财富为社会服务，因此，现代社会要求教师既能立足于讲台，又能走出讲台的局限，用自己通过讲台"酿造"的精神财富与科研成果与社会交流，与世界对话，这就要求教师善于并且敢于把自己的"产品"付诸社会实际。另一方面，在服务社会的同时，又不能迷失自己，迷失讲台，因为这里才是您生活的坐标，是您最真切的王国。

在第19个教师节到来之际，让我们多一份主动的自信与自珍，少一份不自觉的自贱与自残，在这用知识追求资本的时代，永远不丢失自己的精神领地与富足。

人生苦与乐的辩证法

当今社会流传着娱乐至死的精神，有一本书的书名就叫《娱乐至死》，有一首歌叫作《死了都要爱》。人性中"趋乐避苦"的情绪也从来没有像今天这样泛滥。崇尚快乐，信奉"快乐至上"的人生情怀，也从来没有像今天这样在各个微信群里、娱乐节目中呈现。

那么，如何对待人生的痛苦？这个问题极少被人谈及。没有谁期盼痛苦，但是痛苦始终是人类生活的一部分，对此，我们需要正视。事实上，幸福有幸福的美好，痛苦也有痛苦的价值，这是一对重要概念，需要深入体会。在现实生活中也没有纯粹的幸福与痛苦，痛苦始终是幸福的影子，两者始终相伴随。幸福与快乐两者之间并没有绝对的界限，两者之间是可以相互转化的，所谓祸兮福所倚，福兮祸所伏。

在我们的学习方面情况同样如此，尽管我们很难武断地下结论说学习是快乐的，或者学习是痛苦的，因为学习究竟是快乐的还是痛苦的，这会存在着因人而异，因时间而异，因环境、地点而异，等等诸多复杂的情况。但是对大多数人而言两种成分可能均有，只是各人所感知的幸福度或者痛苦度不同而已。而且可以说对每个人而言，如果我们放纵自己的每一天用于玩乐，也许看上去，我们得到的是快乐，但就人生的未来而言，我们可能收获的是痛苦。同样，当我们沉浸在每一天的学习当中，而没有和同学一起出去吃喝玩乐，可能看上去是痛苦的，但是最终我们能够得到幸福。最近，有篇文章火，题目是《告诉你孩子：几年的放纵，换来的是一生卑微》。放纵自己的青春，挥霍自己的生命，得到的可能就是痛苦的未来。正如同一篇励志美文所说"坚持住，因为你正在走上坡路"，上坡路总比下坡路吃力而且慢。

因此，苦与乐两者之间存在着吊诡的辩证法，这一辩证法表现在如下两个方面：一是苦与乐相互依存，所谓苦中有乐、乐中有苦，没有绝对的苦与绝对的乐。二是苦与乐两者之间可以相互转化，所谓先苦后甜，或者先甜后苦。因此，幸福不仅需要耕耘，还需要等待，出现危机时还要修复。因此，获得幸福，维系幸福也需要一种信心与能力，所谓幸福不会从天降。

总之，我们应该科学、合理地看待人生的苦于乐，苦与乐两者之间相互依存、相互转化，两者存在着有机的辩证法则。懂得这一珍贵的人生辩证法，对于我们合理地安排好自己的人生，正确对待自己的学习均具有重要的现实意义。

以智慧型学习打造自己的快乐人生

不管什么时代，学生的主要任务始终是学习，当前的互联网也只是丰富学习方法的工具，并不改变学生的首要任务是学习这一本质内容。因此，如何在以学为主的背景下，建立以学为乐的学习精神与态度意义重大。特别是在提倡创新创业的大时代，如何进行智慧型学习，值得我们思考。结合智慧型的学习，我们谈如下几点主要看法。

做好学习管理，让自己成为学习的主人

管理好自己的学习包括有多种措施，其中我们推荐在新学期开始之前，利用好自己的寒暑假，开展"学前管理"。寒暑假在休息之余，还要为即将到来的新学期做好规划。要清楚自己新学期的所有课程，提前"介入"新课程的学习。选择部分自己有兴趣的读一遍，对其他暂时兴趣不大的课程至少提前浏览一遍。不同于以往的物质短缺时代，现在的出版业较为发达，图书种类也很丰富，相关教材找起来并不困难。例如，可从图书馆借一本相关的教科书进行阅读，各类教科书大同小异，当然也可以向老师打听一下新学期的所用版本。寒暑假浏览与不浏览效果大不一样，浏览一遍至少能对该课程提前有个整体把握。

充分利用网上资源进行专业课的学习

在阅读中，一定会遇到专业性强的难懂问题，这时可利用网上的课程资源进行学习，很多学校都有自己的网上资源，甚至包括课程的全套视频材料。除了学校的网上课程资源外，网上还有很多的公共资源，包括有很多相关的课程，可以进行配套的学习。在学习的过程中，把遇到的问题都记下来，等新学期开课的时候，注意听老师的讲解，不理解的地方进行课堂提问或者课后提问。提问不仅有助于与老师、同学互动，还可用于促进学习的主动性，深化对知识的学习与对专业问题的理解。

建立自己的学习兴趣与方法

学习需要一定的能力，但并不是说能力是唯一因素，学习方法也是重要内容。诸如"笨鸟先飞"也是方法之一。在寒暑假等学习中，可先根据自己的兴趣，先看有兴趣的课程，中间穿插着阅读自己可能没有兴趣的课程，以将这些课程作为"副产品"带掉。特别是可以建立一些学习小组与兴趣小组等平台，组织一些兴趣相同的同学一起学习，以便相互督促。该兴趣小组或者学习小组最好能有不同学校的同学，以便于充分利用不同学校的课程资源开展学习。兴趣小组同学们相互讨论、相互帮助，可共同深化对专业课程的学习。改变、丰富自己的学习方法，同样能够提升自己的学习能力。

做到课前的预习和课后复习

对老师当堂讲的内容进行课前预习和课后复习。课前的预习，有助于进一步熟悉新课程，便于在课堂上进行有效的提问。提问不仅能够有效增强与老师的互动，也能够增加课堂的教学氛围，带动同学们积极学习。提问还包括在学术讲座中的对相关专家的提问。及时的复习有助于消化课堂上的内容，有助于对课程的消化吸收，便于今后的学习。

结合自己的所学开展相关的社会实践活动

社会实践，如社会调查等都是深化知识的重要方法。现在各个高校都很注重社会实践项目，有很多的项目学生可以申请，这些项目的运作时间集中在寒暑假期间。同学们可以通过此项目来深化知识，了解社会，积极地把自己所学的知识运用到实践当中，这也是活学活用自己知识的重要方法。

修炼好自己的学习心态

学习心态对于持续性地学习与打造幸福人生具有重要意义，其中之一就是要正确对待考试成绩，有些同学要求自己每门功课都在90分以上，万一有一门80多分时，就打电话给老师，说自己如何努力等。分数只是学习的一个方面，不要把分数看成学习的目的与全部。此外，正确对待课堂上的提问与回答，如果说得不对也不用难为情，感觉下不了台。学习本不是为了在老师与同学面前显摆，也不是为了证明自己有多聪明。学习让我们全面地提升自己，让自己在学习中进步，所谓"日日新、步步高"。

总之，学生以学为主，希望同学们能够努力去做一个爱学习的人，管理好自己的学习，并让学习成为快乐。为此，我们主张打造智慧型学习建设自己的幸福人生，在美好的大学生月中遇见一个美好的自己。是的，打造智慧型学习，遇见最好的自己。

师生之爱

——在变迁中寻找永恒

这是个日新月异的时代，我们每天置身于闹市，穿梭于琳琅满目的物质之间，我们忙碌于教育改革，倾心于学生的成绩、升学率，以及高校里大学生的论文、就业等等。但在忙碌之中我们的精神家园并非如此充盈，我们内心的情感也并非常常处于充实之中，相反，在社会的开放之中，我们常常会感受到一种流失，那就是爱的流失，是师生之爱的变质。

现代社会，人的接触、相处比以往任何时代都要多得多，而人与人之间的亲情与关怀并未同时增长。在日常生活中，我们不难发现，在城市里，人与人相邻而居，却彼此不认识。在家庭关系中，我们强调父母子女间的"平等"，要求父母与子女的关系要像朋友一样，而现实生活中，这一理念常常也导致父母与子女的关系最终疏远。特别是在师生关系中，传统的一日为师，终身为父已经被今天的所谓"学生主体"替代，以至于发展出由学生为老师的讲课打分等等现象，并将这一方法视为常态。

可见，在学校这一人的成长的重要场所中，老师的地位有了不小的变化。这一变化源自何处？在社会环境领域，源自市场经济的发展，人们观念的巨大变化。在理论源头上，我们将之归纳为"学生主体"说。"学生主体"说这一理论认为学生是教育过程中的唯一主体，要求在尊重学生主体地位的前提下，通过调动学生的主体积极性，以达到发挥学生主体作用的目的。有人将其概括为简单的三句话，即尊重学生的主体地位，发挥学生的主体作用，调动学生的主体积极性。"学生主体"说对于提高教师对于教学对象的关注，掌握学生的要求、特点、个性等实行针对性教学，以克服"照本宣科""满堂灌"等现象有积极意义，但是如果夸大了"学生主体"忽视了"教师主导"甚至是"教师主体"这一基本格局，就会导致孤立地、片面地理解"学生主体"。因此，在教学活动中教师和学生是互为主体的，但是反观现实生活，我们在强调"学生主体"的时候，有没有同时强调老师在教学管理中的主体地位？我们在强调老师要"爱学生"的同时，忽视了更为重要的学生也要"爱老师"。在民主、法治、平等等社会价值深入发展的今天，我们追求平等、追求自由，但是我们所追求的所谓"平等"是单向度的、不全面的平等。其实平等本该包含两方面的内容，如老师爱学生与学生爱老师，如父母爱子女与子女爱父母。但是我们只是仅仅强调了一方，而忽略了另一方面。可以说，对于平等的片面认识已经使我们失去很多很多，使得师生关系等人与人之间的关系发生了本质性的变化。任由这一思维惯性继续发展，我们担心总有一天会有人荒唐地提出老师要树立"服务的理念"，果如是，那么这种商业社会的观念将最终"统治"整个社会，使得教育彻底地"商业化"，并宣告社会的最后一块圣地的"神圣性"之终结。教师也将最终失去"社会良心"的立场与勇气。

这个社会在流失什么？师生之间在稀释着什么？是爱，即人对于人自身的关怀，这是人类文明所共有的，也是放之四海而皆准的人类社会的基本准则。以至于不少大学的硕士、博士研究生称呼自己的导师为"老板"，这一商业性用语集中反映了商业社会对于传统师生关系的"非正常颠覆"。事实上，中华文明不同于西方文明之处，即中华文明具有更多的伦理性。今天的现实反映了中国自20世纪下半叶以来的大规模的精神领域的水土流失，一种文化上的流失，一种社会伦理意义上的流失，只不过仍没有多少人能清醒地意识到这一点。人们总以为现代人因拥有丰厚的物质基础，就一定比古人过得幸福，而就人情而言，情况未必如此。

　　什么使人变得窒息？一个充满人的地方却无人回应你，这不仅仅是爱的缺失，更是对"人所以为人"的麻木。人需要有自己的精神家园，这一家园的核心是爱，爱是灵魂的港湾，爱让心灵得到寄托，使情感得到滋养。在缺乏爱的家园中，人的灵魂就成为无家可归的流浪者，人的精神就容易变得疲惫与窒息，人应当首先认识到这一点。其次，不能将所谓的经济发展作为衡量一切事物的标准，要在人的全面发展中，实现人的解放。最后是要全面而准确地认识与把握与民主、自由、法治相联系的平等观，实现师生的相互平等。但愿爱的"沙化"现象及早被认识并尽早得到治理，以建立以爱为核心的生活绿洲，促进社会在健康的轨道上既好又快地发展。

自己、他人与社会

社会是什么？简单地说，社会是由人与物两部分组成的世界。离开了物，人无法生存；而离开了人，物也就因不能发挥其效能而失去意义。因此，在人与物的世界里，要做到"物我两忘""物我两相宜"，这是人类快乐、幸福的根本。在衣不蔽体、食不果腹、洪水猛兽肆虐、流氓土匪横行霸道的年代，人类是难以感到幸福的。因此，物的世界为人的世界提供了休养生息、获取生活资料的环境，人为物的发展提供了无限空间。人与物的关系，也就是人与自然的关系，这是哲学上的重要问题，也是你必须处理好的人生第一重要的问题。

在人的问题上，人又包括自己与他人，由此又产生三个重大问题：如何对待自己？如何对待他人？如何处理自己与他人之间的关系？这个问题是贯穿于每个人一生的重要问题，能否解决好这一问题是关系到一个人一生的大事。问题是能够处理好这个问题的人始终少之又少。而解决这一问题的主要抓手在于学会爱。

学会爱，说起来简单，做起来很难。它包括两部分三个方面的内容，即爱与被爱，即爱自己爱别人，同时爱自己又包含喜欢被别人所爱。

爱自己也就是爱你的思想、你的言行、你的身体、你的长相，尊重你的感觉、你的情绪，以及周边环境，包括喜欢你的家园、你的城市等等不一而足。珍爱自己，要求能够以平静的心态接纳"上天"给你的一切，并以此为美，为此而自豪。爱自己的反面是自卑、自贱。爱自己的表现之一是乐意打扮自己，包装自己，注重外在形象。从头发到面容，从服饰到鞋子，从气质到风度，使自己能漂漂亮亮、潇潇洒洒走天下；

爱自己也表现为喜欢锻炼自己、修炼自己。锻炼自己的体魄与意志品德，学会静功，让浮气、晦气、燥气、骚气、秽气下沉，让净气、灵气、秀气、精气、神气、生气上升。安待生命，每日清洗自己，排出浊气保留清气，做到神清气定；善待自己，让自己的思想与知识不断更新；以不卑不亢的态度做事行事；能够把握好自己，懂得按照常理来办事，而不是感情用事，决不围着别人的思想、感情来设计自己的言行；能够站在一定的高度把握一切，不是按照自己的小圈子来想象事情，学会跳出个人的小天地按照理性办事；懂得不断调整自己，适应社会。虽然你的性格是不可以改变的，但有些想法以及做事的方法是可以改变的。所以说：修炼的不是性格而是德行；改变的不是良心，而是表现方法。

如何正确对待他人，是又一个重要问题。他人是谁？他人实际上是又一个自己，因此，如何对待他人取决于如何对待自己，凡是看不起自己的人也不会看得起他人，看不起他人的人事实上也就是看不起自己，因此，看不起自己与他人的人实际上是把"人的地位"看得很低。善待他人，要懂得他人与自己都是人，所以同样重要，看不起别人等于看不起自己。任何别人与自己一样都是有缺点的存在，每个人都有局限，因此，在人际交往中要善于看到别人的优点，容忍别人的缺点，尽量以欣赏的眼光看别人，宽容别人是一种能力与品德，所谓大度集群雄。必须懂得成就大业，必须学会与他人沟通与合作。数一数，你身边有几个可以合作的朋友？特别重要的是你必须发展你身边的同事，因为这是你事业的根基。团结一切可以团结的力量是尽快壮大自己，是你发展的重要法则。在与他人的相处中，要善于关心别人、帮助别人，人际关系的基本法则是付出与给予，只有给予才能得到，或者说给予是得到的前提，只有这样才能成就大业。

在如何对待他人问题上有以下几个重要原则：

1. 平等待人。人非完人，每人都有自己的优点与缺点，学会用欣赏的眼光看别人，善待他人，使别人因你的存在而感到愉悦、放松甚至自豪。

2. 真诚地关怀。别人有难处，主动地去问寒问暖，使自己更具亲和力，所谓"真的像大哥一样"。

3. 真诚地付出。时时处处想法调动大家的积极性，能使别人找到了自我，并使彼此活得更好，有付出才能有所回报。

上述思想归结为一句话就是善待他人。自己、家人、朋友、其他人组成一个强大的人际圈，该圈越大、越牢固就越容易成功。别人的接纳与别人的赞同，社会的接纳与社会的赞同是你事业的基础。要懂得他人与社会是你取得荣誉的场所与舞台。他人既是你的评价系统，又是你的生存系统和事业发展的基座。

正确处理好自己与他人的关系，这是一个简单而复杂、重要而又常常被忽略的大问题。有一种人，自认为是笨蛋，并谦逊地把一帮自认为聪明的人笼络到他的名下，调动了大家的智慧，使自己成为更聪明、更出色、更具大智慧的人。而社会上大部分人，自认为是聪明人，与一大帮笨蛋鱼龙混杂在一起，清高地"横眉冷对"，结果使自己成为更孤单、更被冷落，也更势单力薄的糊涂虫。舍弃小我成大我，融入社会成大我，不以自我为中心，要有真正意义上的大人的胸襟与气魄，这并不是容易做到的。作为社会人，你必须能够与他人融洽相处，因为别人的接纳与赞同，社会的接纳与赞同是你成功的前提，对此，你必须争取与珍惜。

因此说，在人群里凡是认为自己是笨蛋的人很可能是聪明人，凡是认为自己是聪明人的倒可能是笨蛋；或者说，凡是认为自己是天才的人其实更可能是傻瓜，认为自己是傻瓜的倒可能是天才；甚至可以说自认为是绝顶聪明天才的可能是最最傻的蠢材，自认为是最最蠢的傻瓜的反而可能是绝顶聪明的天才。

把他人作为另一个自己，努力化解自己与他人之间的隔阂，缩短双方的距离，求同存异。

物质世界因你而精彩。在人与物的关系上，物质世界凭你个人较难改变，你能够控制的是人的世界，处理好人的关系会获得更多的物质，从而使你的物质世界更丰富，而物质世界的丰富会进一步提升你作为人的地位，进一步使人的世界也就是你的世界更精彩。

面对他人

希腊人有句名言："认识你自己"。许多人认为这是我们认识世界的全部要义，事实上，这句话至多只讲对了一半。茫茫宇宙中，认识你自己，只是认识了这个大千世界的一个环节，还有一部分是"认识他人"，最后就是认识这个由自己与他人组合成的社会。所以中国人说："知己知彼，百战不殆"。

他人是谁，他人是自己的一面镜子，他人是自己以外的另一个自己，您会在他人的目光中发现自己，找到自己。

如何面对他人？和蔼可亲是永远的介绍信，在与他人的相处中，你尊重了他人，他人就会尊重您。如何与他人相处？不卑不亢是一种较好的姿态，尊重他人，但更不能忘记与懂得要同时尊重自己。如何面对他人的批评？人们常说"有则改之，无则加勉"，事实上，在商品经济的今天，在人们忙于生计，更加以自我为轴心而无暇顾及他人的今天，被人批评说明有人在乎您，甚至可以说您是在被批评中成为知名人物，才受到大众的关注的。如何面对他人背后的议论？应当以这种心态面对，即"谁人背后不说人，谁人背后无人说"，每个人都是凡人、普通人，具有普通人的优点与缺点，要以平常心、宽容心对待。如何面对他人的进步与荣誉？除了进行祝贺外，自己应具有怎样的心态？俗话说"人比人，气死人"，事实上人比人，是会气死人的。坚持不懈，发现自己的优点，积蓄自己的优势，朝着自己的目标继续前行。如何赢得他人的支持？人们常说，平时要注意对他人的关怀，要乐于助人，所谓"帮助他人，就是帮助自己""助人者自助"。在经济交往上，不能斤斤计较，俗话讲"吃亏是福"，在利益方面要舍得给予。

竞争社会如何战胜他人成为先人所说的"人上人"？古人讲"吃得苦中苦，方为人上人"，但仅此还是远远不够的，还要有正确的要领、方法，要有他人的支持，甚至资助，所谓"贵人相助"，还要有好的运气等等。另外更为重要的是，所谓"战胜他人"仅仅指事业方面，限于特定的专业技术领域。作为人而言，在情感上应该依然要保持和谐与默契，而不是与人成为死对头，成为"冤家"。

　　认识自己、认识他人，最终就会认识由自己与他人组合成的社会。这就是一本我们终身都试图努力读懂的最大，也是最重要的，无形的大书，把这本书读好了，我们就会成为"神"——实现人的回归，并且是"真我"的回归。但要读懂这本"天书"，又必须借助于学校里的各种知识与书籍，来启蒙和开智，这些是我们读懂"天书"的台阶。

寻求"共鸣"

共鸣在艺术上是一种技能，在人际关系中是一种非常珍贵的境界，是一种愿意与别人友善共处的豁达，是一种把别人融入自己并乐意与他人共享喜悦的睿智，是一种团队合作精神的外现与表达。与他人，与社会共鸣，将使你不花成本而受益无穷。

那么，如何取得共鸣？坚信自己+欣赏他人=共鸣吗？不，还要争取共鸣，就是要找到自己独特的共鸣方法与渠道。

在人际关系中如何对待他人，是取得共鸣的第一关键。在这个问题上，首先要摆正自己与他人的关系，必须要树立与对方地位上的平等观，注意，在人与人关系之上，不少人经常犯以下三个错误：1. 你行，我不行。这一行为模式的危害在于它让你永远陷入自卑的泥潭，而不能自拔；2. 你行，所以我惧怕、畏惧你，并且远离你。这一行为模式使自己不能分享他人的快乐，更不能得到这些重要朋友的支持；3. 我不行，你也不行。这种人对整个人类的评价度极低，既看不起自己，也看不起别人，这很可能导致一个人浑浑噩噩、糊里糊涂地过一生。你应该将你的行为方式固定为：你行，我也行，既尊重自己又尊重他人，懂得人与人之间的分工与合作；其次，人际关系的实质是感情交流，人是需要相互亲热、彼此尊重的动物，社交活动实质上是一种感情互动，因此，要想办成任何一件事情，要想能够取得别人的支持，你必须首先在感情上争取对方，而不是在道理上、法律上争取对方。不管是中国人还是外国人，这都是放之四海而皆准的真理。

取得共鸣的第二个关键是表现好自己，以你的特色为基础开辟自己的事业。首先，要懂得尊重自己也就是尊重别人，因此，在现实的人际关系中只有你真的快乐了，别人才会快乐，只有你真心实意地投入了，别人才能投入。就是说——你爱别人，别人就会爱你；你热爱这个城市，城市也会热爱你；同样，你选择了事业，事业也就会选择你。其次，人是个性与共性的统一，也就是说人是"个性化"与"社会化"的统一，因此在行为处世中不仅要有共性，更要体现"个性"，你的一言一行既有别人的影子，又有你思想的"火花"，这也是你的魅力之所在与事业成功的关键之一。在你的事业上，要发掘并发挥你的特色，用你的事业与世界对话，这是最基本的对话。

最后，走自己与他人、与城市共鸣的特色。每个人的共鸣方式是不同的，比如说，有专家指出，张艺谋神话的尤其精彩处在于，他的影片主人公总是善于首先在西方获得"说法"，然后据此回头在国内讨得"说法"，这应是新的西天取经"神话"。这种共鸣方式的确独特，那么。你呢？你是用你的文章打造天下，还是用其他什么途径来为你的人生开创风景一片？但不管如何，你一定要珍惜上天对你的恩赐，发掘出自己的独特性，如果以文见长，那就坚决地走"我以文才闯天下"之路，展现自己"恃才傲物"的品行与风骨，千万不要"捧着金饭碗讨饭"，并且要让你大规模的文章形成气候，就是说让这些文章烘托出一个崭新的自己，在你的城市建立你的名望，实现与城市对话。

愿你尽快找到与他人共鸣、与城市共鸣、与中国共鸣、与世界共鸣的渠道，展现你的共鸣之声。在你与他人的共鸣中，别人也会来与你共鸣，城市也会与你呼应的。

"人"之赞

我歌唱，歌唱人类，并在歌唱人类的同时，也歌唱作为人类一分子的自己。

人，力不如虎、壮不如牛、行不如马，其灵敏程度不如一只猴子，展翅飞翔不如一只小鸟，但人却支配着牛、支配着马、支配着自然，凭的是什么？是思想与组织，是人的智慧和因组织而形成的社会关系。

思想，是人区别于其他动物的重要标志，所以恩格斯说"思维着的精神"是地球上最美丽的花朵。事实上，思想不仅仅是美丽的花，她更具有令人颤抖、令社会震撼的魔力。所以，邓小平提出的"解放思想"才会有如此大的魅力与价值。人的思想是如此之宝贵，身处现代社会的我们，应该加倍珍惜。

如果把人比喻为"弓"，思想就是这把弓上的箭，你拉满弓放飞你的思想，就会找到目标，收获"梦想成真"。

我歌唱，不仅要歌唱人类的思想，还要歌唱由人组成的集体。

人为了避免孤单与弱小，便组成集体，集体是人类力量的源泉，是人类强大的重要保障。没有集体就不会有人类的劳动、人的语言，就不会有人类的意识与文明。在马克思看来，人和其他动物的最后的本质的区别在于，一般动物只是消极地适应环境，人却能积极地支配自然、改造自然，而造成这一区别的是人的劳动与人的语言。离开了集体与社会，就不会有人的劳动与语言，也就不会有人的意识这朵瑰丽的花。工业文明把个人联合成更强大的集体，而信息社会的网络文明甚至要将全世界整合为一体。因此，我们不仅为人类歌唱，为作为人类一分子的自己歌唱，更为我们的今天的社会歌唱，为今天的时代歌唱。

随着社会的发展，时代的进步，人类认识自然、改造自然的能力将加速度地成倍增长。

　　我歌唱，我歌唱今天的阳光，歌唱今天的空气，歌唱每一个含露的早晨，歌唱每一个美丽的黄昏。作为"大写的人"，你就该体现人的价值与尊严，用一句诗表达："站起来，你就是一面呼呼作响的旗帜。"让你的思想呼呼作响吧！让你这面旗帜迎风飘扬，在新的时代，你要敢立潮头唱大戏，唱好你的歌，唱好时代的歌。

领导自己

我们常常把"领导"一词看成特殊人物的特殊行为，认为与普通百姓的生活无缘。而对我们每个个体而言，自己就是自己这个系统的主宰，我们只有首先领导好了自己，而后才能领导好他人，包括领导家庭与社会，这就是领导自己或者说自我领导。人作为人的巨大魅力之一是每个个体的独特性与地位的相对独立性，人人需要自我领导，人人可以领导自己。

人世间，我们每个人始终会面对着两个世界，一个是外在世界，一个是内在世界，人们习惯性地将之分别称为客观世界与主观世界。在"物质至上""金钱就是一切"的时代，人们往往因过于看重物质生活而过于夸大了客观世界，以至于忽略了自己拥有的主观世界，甚至于迷失于物质生活之中不能自拔，形成所谓"有钱能使鬼推磨"的观念。事实上，主观世界具有与客观世界同样大的空间，这个内在的、自我的主观世界同样是一个完整的世界，这个世界也同样具有丰富多彩的内容，特别重要的是这个内在世界的总指挥就是自己。因此，和谐世界与幸福生活的建立首先是要实现自己与自己的和谐，而后才能实现自己与外在世界的和谐，一个不能与自己和谐相处的人是不可能建立与外在世界的和谐关系的。在社会变得纷繁复杂的今天，人很容易在这个世界失去自我，因此，发现自我，守住自己，并且能够领导自己是一种非常难能可贵的品质，也是人生质量与幸福生活的重要保证。

对现代人类社会而言，人始终面临着三大关系，而非传统意义上的两大关系，这就是人与自然的关系、人与社会的关系、人与自我的关系。人与社会的关系又包括人与家庭的关系、人与他人的关系。其中前两者的关系，即人与自然的关系、人与社会的关系是人与外部世界的关系。后者人与自我的关系则是人与内部世界的关系。尽管人与家庭的关系可以归入人与社会的关系，其实两者区别很大，最基本的区别是因为血缘关系的存在，家庭中始终存在着最无私与最朴素的奉献，这是在人的其他社会关系中所没有的，也是另一关系即人与他人的关系中所缺乏的。因此，上述三大关系又可以归纳成两大关系，即人与外在环境的关系和人与内在环境的关系。而且，人与自然的关系、人与社会的关系、人与家庭的关系、人与他人的关系都可以看成是人与外在环境的关系，人与自我的关系是人与内在环境的关系。

领导自己在现实生活中，其内涵也是丰富的，主要有如下的几方面内容：

在事业领域，需要自己担任自己的老师与教练，甚至自己就是自己的伯乐，需要自己担任自己生活和未来的设计师。可以说你是你自己这部作品的雕塑者，努力删除那些人生与事业中不必要的部分，聚焦您的精气神做最需要做的事情，以凸现自己美好的灵魂与才智。

在生活方面，需要自己担任自己的家长，不仅要自己管理好自己，而且要始终能够做好自己的思想、教育工作，所谓自己是自己的"政委"。需要自己担任自己的朋友，经常与自己谈心，这是自己保持心平气和的关键，使自己始终能够正确地、平静地对待周边发生的一切。

在其他专门领域，需要自己担任自己的医生，当然也是自己的心灵医生，所谓自己是自己的按摩师。任何时候，即使是受伤了也能够自己抚慰自己。自己担任自己生活的调味师，使自己成为自己情趣与情绪的主人。自己还是自己的建筑师与理财师等等，不一而足。

当然，就人生的总体而言，需要自己担任自己这部作品的总导演，由你自己负责自己的人生战略与策划，并努力使自己的生命走向辉煌，这一点非常重要。同时需要自己担任自己这部作品的作家与作曲家，为自己做一部属于自己的作品，由你自己完成一部关于自己的传记。而且自己有责任努力促使自己成功，自己有责任努力成就自己。

概括而言，我们需要有这样的超领导力来领导自己，尽管有些事务仍然超出了我们的能力而需要"外包"，即所谓的"借力"，但即使是这样，其内容与形式方面也是因人而异，即因自己的情况而有所区别的。总之，在已经实现了温饱的今天，想要得到幸福其实不难，其中要领就是自己领导好自己，做好内在自我的主人，关注好内在的自我，而且要用心去经营好内在的自我，不能让自己处于分裂状态，因为这里有至柔至坚的自我。实现自己与自己的和谐。要善于从第三人的角度来审视自己，努力将内在的自我调整到一个完整、和谐的状态，因为幸福就是首先建立在此基础上的。

总之，内在的自我是您生命的底盘，事业越大，生命的底盘体积越大、分量越重、底部越深。外在的世界纷繁复杂，是一个"花花世界"，而内在的世界却是平静的海，这里需要的是安详与宁静，不能让内在的世界狂风大作。将内在的自我辐射到外在的自我，建立内在与外在的统一。这一切离不开自我领导，即领导自己。

不为所惑

如今，当我们谈到一个人的能力的时候，常常说到智商与情商，显然用这两个要素来评价一个人是远远不够的。因此，后来专家们又将能力评价标准领域拓宽，提出财商与健商这两个要素，就是说一个人要有理财的能力，要有健康身心。但即便如此，我们认为用智商、情商、财商、健商来评价人或者以此来规划一个人的发展道路依然有着重大缺陷，它忽略了成功不可缺少的人的心理素质。我们认为在21世纪的今天，我们需要一种面对诱惑不为所动的素质，这是现代人所需要的"静功"与"内功"，是对自我的一种超强的"控制力"。

现代社会与以往社会的重大区别在于，这个社会已经变得非常精彩，每个人有了许多的选择，每个人在每一天甚至是每一天的每时每刻都要进行选择，我们需要在精彩的世界里选择我们所要的与我们所应放弃的。而外面的世界则是永远变化着的，今天的世界甚至每天都是"精彩纷呈"的。如果我们的心永远追随着外面的世界，那么我们的心会被物欲所拖累、拖垮，而且我们就沦为世界的奴隶，就不能做到"宠辱不惊，任庭前花开花落；去留无意，看天上云卷云舒"，不能做到不以物喜，不以己悲。事实上，一个没有自己的灵魂，而永远被外界所引诱的人才是最痛苦的。因为不管在什么时候，我们都不可能穷尽这世界上的一切，我们所了解或者所控制的永远是世界的一小部分，而且是极小极小的一部分，我们只能以此为"据点"，建立我们自己的小世界。这个"据点"是我们对世界的瞭望台，我们以此为"支点"来撬起地球。因此，即使在今天，我们仍然需要有"躲进小楼成一统，管他春夏与秋冬"的精神，在开放的时代，我们需要开放自己，但更要学会适当地封闭自己。因为丢失了"小楼"这一"据点"，我们也将丢失整个世界。

花花世界，我们真的需要一份"不为所惑"的素质与能力，因为我们需要静下心来思考自己的问题，认真地倾听来自自己心灵的呼唤，我们需要认真地面对自己、拷问自己，知道自己要什么，不要什么。我们需要静观世界，以在变化之中找到变化的轨迹。在发展自己的过程中，我们需要一些时间来默默地积累一些东西、悄悄地酝酿一些东西。我们要与世界对话，但首先需要时间准备这些与世界对话的资本与基本功，尽管我们可以提速，甚至可以"拔苗助长"，但永远不会快到只结果，而可以不播种、不发芽、不开花的地步。

花花世界，我们最容易失去的是"自我"，微小的"自我"最容易迷失在广袤的物质世界之中，只有做到"不为所惑"，我们才能找到自己的方向。"不为所惑"是对大世界与小自我这一对矛盾的接纳，是对"变化"的肯定与对"自我"的一份真诚的肯定。"自我"虽小，但它是我们与世界对话的基础，有了这一份自我，生命才会安详，骚动不安的灵魂才得以安静，坚持"自我"，我们的心灵也才会有宁静的天堂。"不为所惑"是一种舍弃，花花世界，你只有知道要什么，才会知道你不要什么。

事实上，我们发展自己的过程就是在与世界一次次做谈判的过程，在这场谈判中，您首先必须知道什么是你所坚持的、执着的。你坚持什么，也就意味着你将放弃什么，而这只是万里长征的第一步，第二步就是不断地调整你所坚持的与你所放弃的，第三步就是持之以恒、"不为所诱"地坚持下去，"万事俱备"后，剩余的就是捕捉机遇这一"东风"了，它可遇不可求，因此，对我们而言，它同样也是极为珍贵的，但它又是为具备"不为所诱"精神的人所准备的。

人到中年

人生一晃便到了中年，真是没想到时光流逝如此之快，所谓恍然如梦！

从一般的生理概念上讲，这个年龄的我应该属于中年人的行列，这也就应了一句歌词，叫"我的青春小鸟一样不回来"。人到中年，感觉如何？是不是有一种成就感？好像也没有。这个时刻，数数自己曾经走过的路，尽管工作中所取得的成绩不少，但聚集起来看，特别辉煌的好像不多，因此也谈不上什么大的成就感，自己的很多想法还没有实现，而人生应该是更灿烂的。此时，我们面对的人生大事是要重新学会说话，学会写字，学会走路。学会说话就是要会讲外语，学会写字就是要会电脑，要会用电脑打字，学会走路就是要会开车。

总听人说生日是小孩子过的，现在终于明白了其中的道理，小孩子的未来充满了希望，而长大的过程常常是希望与梦想减少的过程。所以说人类有三大永远不能克服的矛盾，那就是想追求永恒却永远得不到永恒，想追求无限却得不到无限，想追求完美却永远得不到完美。比如说在18岁的花季里，虽然拥有年轻，却常常囊中羞涩，并且缺乏人生必备的经验与阅历。20岁以后到30岁，忙着读书、恋爱、结婚、生子，人生的大事一件跟着一件，虽有不少的浪漫与人生各种初次的兴奋，但行色匆匆而且事业上往往也是刚刚起步。30岁以后的人生，应该说是人生真正的黄金年华，这个年纪要经历有经历、要精力有精力、要经济有经济，真是人生最"壮"的时期，遗憾的是最成熟的时候也就是开始走下坡路的时候。就像一只桃子如果熟了，那也就意味着已经到达生长的顶点了，这就是人类永远不能克服的矛盾……从这个意义上说，任何人的人生都是一幕悲壮的短剧。

仔细想来，如果从整个人生的角度来看，人也是昙花一现的。30岁到45岁是一个人事业的黄金年华，这个年龄段是最能出成果与成就的时候，此时不精彩何时再精彩？不管怎样，还是有很多事情等着自己去做。小孩子要教育好，家庭要培育好，事业要经营好，这一步步虽然不容易，但快乐本身也就隐藏在这个过程中，你的生命也将在实现上面这一最起码要求的过程中完成它的使命。因此，仍必须要打起精神往前冲，满怀兴奋地把自己融入E时代。

同时，中年之后，我应该会更加成熟，更加乐观，也应当以更加积极的态度投入生活，投入社会，投入E时代，让小我在社会中永生，并努力开出自己的"昙花"。

快乐的"据点"

如何描绘这个时代？从人的个性发展的角度而言，我用"漩涡"这一词汇来表达。这个时代如一个旋流，每个人都被毫无例外地卷入，并朝着一个方向以一个速度不可阻挡地滚滚前行。就仿佛每个人都成为这个时代的一个零件，被纳入时代的流水线，拼命地被进行着"批量生产"，而人的个性被肆意"冲刷"。这个时代的最大特点是追求效益，因此，在这个讲究个性的时代，个性却往往最容易被淹没。于是这个时代大多数人可能会没有了自己的思想，他们所表达的往往是别人的思想、社会的思想，而一小部分人可能更加会"标新立异"。就快乐而言，人们常常会不自觉地发现虽然物质水平提高了，快乐指数却下降了。因此才会存在越是发达的国家，自杀率就越高的现象，似乎并不是社会越进步，人们拥有的快乐就越多。

在这个物质并不匮乏的时代，制造快乐的技术就更加重要，虽然这些技术会因人而异，但其最基本的出发点往往是建立自己快乐的"据点"。

什么是快乐的"据点"，就是自己的快乐源，其中最基本的问题是对你而言，人生最大的快乐是什么？快乐是多种多样的，每个人的快乐感不同，可以说有一千个人就有一千种快乐。有的人的快乐在于喝酒、打牌、唱歌、跳舞等，在于"灯红酒绿"式的生活方式。因此，他们认为有了小车，有了房子等才有快乐。而有人却认为这种生活是一种"醉生梦死"的生活，是一种"行尸走肉"的生活，而更将追求自己的精神生活视为人生最大的快乐。其实，这些快乐根本不存在谁对谁错的问题，其中的关键在于每个人应当尊重自己的快乐，并专注于自己的快乐，而不能随时丢失这一据点。

要找到自己快乐的兴奋点，必须坚持"不比原则"，不要随意将自己与别人做比较。在这个世界上，之所以会找不到与你一模一样的人，是因为你本身就是独特的存在，你一定拥有任何别人不拥有的东西。坚持了"不比原则"，你才会拥有自己，因为快乐的"据点"一定是建立在"真我"的基础之上的。"不比原则"的基本要求就是不能以别人的快乐为快乐，同时又不能以自己的快乐为人间的唯一的快乐。我们不能强求别人与自己有一样的快乐，同时也不能害怕自己的快乐与别人不同。

幸福的建立离不开自己的"据点"，更重要的是这一"据点"无论如何不能失守。但问题是在生活的旋流里，我们往往会忘记什么是自己的快乐，当我们以别人的快乐为快乐时，我们中的绝大多数人往往会得不到快乐的。但我们不能忽视的是，生活中还有极少一种人终身以别人的快乐为快乐。这也是一种快乐的"据点"，我一直感谢他们的存在，虽然这部分人越来越少，并且这部分人总是被一般人视为生活的"傻瓜"，但是他们的存在才使我们随时感到生活的美好。

如何找到自己的快乐，最简单的法则就是听从自己内心的呼唤。自己内心常常表现出来的对快乐的第一感觉，就是你的快乐源。找到并坚守自己的快乐源之所以不容易，是因为这也是发现自我，认识自我的重要内容之一。而一旦建立了自己的快乐源，那么对别人而言痛苦的事，对你而言就可能是快乐的事。例如学习，对有些人而言是痛苦，对有些人而言却是快乐。

建立了快乐"据点"的人，就很容易习得快乐生活的另外一种技术——快乐生活的屏蔽技术。这不仅表现为因为坚持"不比原则"而形成的屏蔽别人，还表现为屏蔽生活中所有刚刚发生的不快乐的事。对待不快乐的事真的要像对待蜘蛛网一样，轻轻地将其抹去，而不能纠缠不休，因为前面还有更美好的在等着你。屏蔽是一种技术与能力，掌握这种技术的关键就是将积极地过滤掉生活中不快乐的事看作自己生活的一种习惯，并习惯于只把快乐的事珍藏在自己的内心。因此，我们要建立对"不快乐"的防护墙，它是快乐生活的"皮肤"，拥有了这一"皮肤"，就自然会提高对"苦恼病毒"的免疫力。

在这个花花绿绿的世界，人们的精神容易变得迷茫，变得失去自我，而快乐就是一盏明灯，温暖着我们走向人生的一个又一个站点。

生命的升华

生命如花般璀璨，在这一过程中又会充满艰辛与曲折，但当你渡过了这段艰辛与曲折之后，品味到的往往是生活的甘甜，这些往日的艰辛与曲折在不经意间已经转化为酿制幸福美酒的材料。其实，这就是生命的过程。

在这一过程中——当你还弱小的时候，就是当你的实力不如别人的时候，别人可能会欺负你，嘲弄你，此时，你要学会的是如何保存自己，如何以弱胜强；当你超过别人一点点的时候，别人会嫉妒你，攻击你，此时，你要学会的是如何扩大成果，默默地酝酿反败为胜的实力；当你大大超过别人时，别人就会羡慕你，跟随你，此时，你要学会的是如何戒骄戒躁，如何将胜利进行到底。

只是说起来容易做起来难，实际生活并非如此轻松，特别是人在发展的整个过程，会有一次又一次的低潮期，甚至会有付出努力而没有得到或者得到甚少的时期，这就如同我们在长跑中的"极点"，这个时候，必须耐得住性子，耐受别人的不理解，慢慢度过这个时期。如何渡过这一"极点"，极为重要，可以说成败决定于此。你的未来往往取决于你能否跨越这道"上帝"为你设置的，用以考验你意志的"槛"。

生活不相信眼泪，生活如鞭一次次抽打自己，拷问自己，人在这一次次的痛苦中寻找突围机会，挖掘你尚不知道的潜能与尚不具备的种种实力。所谓的成功人士只不过是因为运气、环境、机会等等因素，比你稍微早了一点经历了这一过程而已。

在这一过程中，我们改变了自己，尤其是改变了我们对世界的看法，形成了更为明智，更为实用的世界观。在生活实践中——我们学会了怎样防止对世界产生偏见，以使自己的眼界更加开阔；我们学会了怎么避免对他人的成见，以使自己有了更多的朋友与更少的对手；我们学会了怎么抛弃过去的愚见，以使自己时时用新的眼光感知世界；我们学会了怎么提高对未来的远见，以使自己对明天有更清晰的预见。这些种种"学会"使得我们更好地把握今天与未来。

生命如花，因为它有花般的娇艳，因为这样的美丽，所以我们跨越了生命中所有的困难走向人生的下一个站点；生命如花，因为它有花般的脆弱，因为这样的柔弱，所以很多很多的希望都在没含苞待放之前就已经凋零、枯萎；生命如花，因为它有花般的轮回，生生不息，周而复始……

人生的整个过程都是在学习，学会如何消化痛苦，如何超越自己，超越极限。在这一过程中，我们最大的收获其实就是学会如何找自己所要的生活。生命就是一个过程，在这个过程中，我们赤裸着来，但并不是赤裸着去。因为我们一无所有地来，但在走向人生的终点之时，我们带着种种的体味与曾经的快乐、伤感等等，或许这也是另一场开始。

如何抚慰我们的心灵

我们处于日新月异的时代，我们每天置身于闹市，穿梭于琳琅满目的物质世界里，而我们的精神家园并非如此充盈，我们内心的情感也并非常常处于充实之中，相反，我们在人们常说的焦虑之外，还会感受到一种寂寥，一种与物质世界不协调的忧心忡忡，一种落寞与孤寂，这是一种开放的封闭。

现代社会，人们每天每年接触、相处的人比以往任何时代都多得多，而人与人之间的亲情与关怀并未同时增长，典型如城市里，人与人相邻而居，却根本不认识。特别是在民主、法治深入推进的时候，我们追求"平等"、追求"自由"，同时使得人与人之间的关系发生了本质性的变化。典型如在师生关系中，从一日为师，终身为父到今天的所谓"学生主体"，甚至发展到由学生为老师的讲课打分。事实上，现代社会的所谓"平等"已经使我们失去很多很多。我们在强调"学生主体"的时候，有没有强调老师在教学管理中的主体地位？我们在强调老师要"爱学生"的同时，忽视了更为重要的学生的"爱老师"。在家庭关系中，我们强调父母子女间的"平等"，要求父母与子女的关系要像朋友一样，而现实说明这一理念使得父母与子女的关系最终疏远。其实"平等"本该包含两方面的内容，如老师爱学生与学生爱老师，如父母爱子女，子女爱父母。只是我们仅仅强调了一方，而忽略了另一方面。任由这一思维惯性继续发展，我忽然认为，总有一天会有人荒唐地提出老师要树立"服务的理念"，果如是，那么这种商业社会的观念将最终"统治"整个社会，使得教育彻底地"商业化"，并宣告社会的最后一块圣地其"神圣性"之终结。

这个社会在流失什么？爱，即人对于人本身的关怀，这也是人类文明所特有的，是放之四海皆准的人类社会的基本准则。中华文明不同于西方文明之处，即中华文明具有更多的伦理性。今天的现实是中国自20世纪下半叶以来的一种精神上的水土流失，一种文化的流失的体现，只不过仍没有多少人能清醒地意识到这一点。

　　什么使人变得窒息，一个充满人群的地方却无人回应你，这不仅仅是爱的缺失，更是对"人所以为人"的麻木。人们总以为现代人拥有丰厚的物质基础，一定比古人过得幸福，而就人情而言，情况未必如此。

　　这个社会缺少什么？心灵的寄托与情感的滋养，所谓人的精神家园，所以，这种寂寥是一种灵魂的流浪，一种没有文化的寂寥，一种精神的窒息与疲惫。不能将所谓的经济发展作为衡量一切事物的标准。但愿爱的现代社会人情"沙化"的现象及早被认识并尽早得到治理。

　　当下社会的种种现象表明，如何抚慰中国人的精神世界，构建中国人的心灵家园，是我们不得不面对的重大事情，当下的中国急切地呼喊有着深厚情感的思想家。

"变"的魅力

我们真的进入了一个瞬息万变的时代，对决策者而言，这个时代的最大特点是计划赶不上变化。在这种环境中，我们该采取怎样的行为方式呢？答案是要更及时地跟上"变"的步伐，在变化的信息中预测未来，利用变的魅力，设计新的行动方略，创造出新的业绩。

"变"具有你无法阻挡的魅力，因此，你无法螳臂当车地拒绝"变"，更不必惧怕"变"。因为，"变"的本质就是要改变旧的格局，淘汰旧的权贵，而产生新的力量。对我们而言，这应该是一场机遇，你要在变中求机遇，在变中形成自己的力量，并创造出新的神话。在E时代，应该有这样的观念，一个人一生，不打破至少一项规则，是可悲的。如果说在计划经济时代，"烦恼皆因强出头"，那么在激烈竞争的今天正好相反，"烦恼皆因不出头"。E时代的风流，就意味着冲破昨日的禁锢，意味着对今日观念与财富的新创作。

金字塔是由一块块石头堆砌而成的，那么，如何建立你的金字塔呢？撇开天时地利这一外界因素，对你而言最重要的就是大胆的思想与大胆的行为表现。也就是说此时，你的创造力，就是敢于独立燃烧的思想，敢于蔑视命运的眼光。这种创造力不同于以往，更强调个人的表现力。

关于思想问题，有一句话很能代表这个时代，那就是有思想就有资本，或者说有思想就有财富。开动思想，解放思想对创造者而言，依然是永恒的主题。因此你要抓住你稍纵即逝的思想，让它成为种子，生根、发芽并长成参天大树。一个思想稍纵即逝，一个机会转眼会成为泡影，一个行动稍一迟疑便失却商机无限，也就是说生活在一个充满商机的社会，你必须掌握的三大要领是：要善于捕捉信息，处理信息，并当机立断做出快速的行为反应。生活在一个更加快速多变的时代，信息就是生产力。在大量的信息面前，你必须"心明眼亮"，找出属于自己的信息，及时地预测、准确地决策，以及坚定地行动。在E时代，你的行为准则就是立即就办，这一准则能够使你随时把握住稍纵即逝的机会，开辟出人生新天地。

眼见为"虚"

我们常说"耳听为虚，眼见为实"，但有时我们也不能相信我们的"亲眼所见"，这在现代生活中特别明显。因为现代生活中各种发明与技术可以轻易地改变你所看到的表象。

如你不能通过电视来判断人，特别是不能通过电视来判断人的美与丑。电视上看到的美主播，走出电视就可能会"脸不是脸，身材不是身材"，至少可能不再气质高雅、风度翩翩。因为这些人在出镜前，经过了化妆师的精心"包装"，之后又通过了电视屏幕的处理，包括摄像人员通过特定的角度来选取主持最迷人的角度。所以很多的粉丝在见到他们的偶像之后，会觉得自己曾经是多么地"傻"，并发誓再也不会去为某位明星"疯狂"。

在生活中，我们更不能因看到对方开着小车、住着别墅，就天真地以为对方一定是个富人。因为在这一切的背后，往往是欠银行的一大笔贷款以及在房子、车子上设定的给银行的抵押。现实生活中，就有很多骗子通过这一手法，来实现他们各种骗人的目的。事实上，只要你愿意，你也可能会轻而易举地做到这一切。

同样，你不仅不能从电视上所谓"一头乌黑亮丽的头发"或者"如丝质般顺滑的发质"之类的广告词，来判断模特的真正的发质，在现实生活之中，你也不能从你看到的对方的黑发，判断对方的发质，因为对方说不定已经染了发。

科学也已经证明，人眼是有错觉的。太空中光明的地方，长久以来一直被认为是漆黑一团，就是因为人眼的视力所限，即使借助某些工具，人观察到的也只能是最表层的显现。科学家意识到了这个问题后，采用了红外线、紫外线等来观察天体，结果那些隐藏在黑暗中的天体瞬间出现在人类眼前，景象壮观得令人难以置信。先进的哈勃太空望远镜，就能用红外线来观察天体。

撇开太空不谈，在现实生活中，眼见为"虚"之所以成立，还与人的认识有关。我们常常听说："真人不露相，露相非真人"，遗憾的是在我们的生活中，实在是只有很少的人能够真正理解这一点。而且在生活节奏加快的今天，理解"真人"的更加少，所以即使是古人也常会有"千里马常有而伯乐不常有"之叹。

我们所说的眼见为"虚"，并不是一概否认亲眼所见，我们所强调的是，即使亲眼所见，你仍有可能被你的"亲眼"所骗。因此，我们的结论是"亲眼"同样存在局限，或者说眼见不一定为实。因为对方已经化了妆，如染发；或者对方外貌经过了技术处理，如电视屏幕；还有对方采取了"掉包"的方法，例如，在买房时购房者可能会被售楼现场的"托儿"所骗。不少开发商为了达到宣传效果，利用"托儿"在现场排队等方式进行自我炒作，造成"争相抢购"的假象。使得购房者急着下了订单。同样，购房者还可能被所谓的样板房、规划承诺等所蒙蔽。理解眼见不一定为实对我们有好处，至少我们在选购商品时，可以不被迷惑，如选购音箱的秘诀是眼见为虚，耳听为实。音箱的材质、外观固然重要，但是更重要的还是它的音质。

事实上，就哲学意义而言，我们已将眼见不一定为实中的"实"，分解成了"形式上的真实"与"实质上的真实"，我们看到的一定是"形式上的真实"但不一定是"实质上的真实"，因为种种原因，如年龄、性别、种族等等因素影响了我们对"实质上的真实"的认识。"形式上的真实"具有极强的欺骗性，人们受骗上当常常是因为"形式上的真实"。因此，"形式上的真实"不是最终的真实，仍表现为一种"虚幻的真实"，所以还是一种"虚"。我们认识的全部目的就是通过"形式上的真实"达到"实质上的真实"，而"实质上的真实"才是真正意义上的"实"，就是形式与内容相统一的"实"。

　　人类一直以来都渴望一双火眼金睛的"慧眼"，以把这世界看得"清清楚楚明明白白真真切切"，但是人本身是永远不可能拥有"慧眼"的，这就需要我们通过人的经验与智慧进行补充，将人的肉眼练就成明辨是非的"慧眼"。

什么是你的芳华?

2017年，随着电影《芳华》的热播，"芳华"一词也成为热点词汇。芳华亦作"芳花"，其含义有香花、美好的年华、茂美等意思。在针对人或者人群的时候，"芳华"指的是美好的年华。那么，美好的年华具体指哪一段年华呢? 在传统意义上，芳华专指十八九岁正处于花季年华的女子，像花一样的年华。但是到了现代社会，"芳华"的使用范围已经扩大，即"芳华"可以指所有人的青春年华。这一使用仍然是狭义上"芳华"的含义，即指人生的青春岁月。从广义上来说，所有的年华都可以说是美好的年华，所谓"人生何处不芳华? "尽管如此，青春岁月依然是最为独特与难忘的人生岁月，金庸的《天龙八部》云"红颜弹指老，刹那芳华"，所以"芳华"以青春年华最为独特与典型。

正因为如此，在新学期开始之初，我选择了"芳华"这一关键词，在这一"关键词"的基础上，不经意间想到的问题是：什么是你的芳华? 在大学时代如何表达、展示你的人生芳华? 在上海师大的青春岁月里，你将拿出什么样的颜色来涂抹你的青春色彩? 最终你的青春又将是什么风格的芳华? 是火烈奔放的? 还是稳健智慧的?

其实不管是哪一种样式的"芳华"，我们在表达或者展示时，都要用自己的声音来歌唱、用自己的心灵来体味，用自己的大脑来思考，用最喜爱的色彩进行表达与展现。因此，在忙忙碌碌的今天最为重要的依然是认识你自己，其中包括"我是谁""我从哪里来""我要到哪里去"这样的人生终极话题。其实认识你自己是一个需要我们终身思考的重要问题，如果能够从青春时代就进行思考，这将是一件十分有益的事。因为人生就是不断地发现自己、开发自己的过程。同时发现自己的方法很多，其中阅读经典是最简便、最有效的方法之一。

至于阅读经典为什么重要有很多的说法，我感觉这个问题一直没有说清楚。其实阅读经典最大的好处就是我们能够在经典中找到自己，这也是发现自己的重要方式之一。经典不只是指专业方面的经典书籍，还包括《道德经》等人类历史长河中的重要作品。试想想，我们小时候读过的《郑人买履》《刻舟求剑》《皇帝的新装》《装在套子里的人》等等短小故事给了我们多少的人生启示。经典里展示的是文化的力量，它滋润着我们的心灵，告诉我们什么是真善美与假丑恶。经典让生活充满温度，让人间充满温情。

今天，人们容易沉醉于物质世界，微信群里布满了晒吃、晒玩与晒娃。但是经典作品能够使我们的心灵得到慰藉与滋养，并给我们前行的力量与方向。因为经典可以让我们超越世俗。"不畏浮云遮望眼，自缘身在最高层"，这是世间万象的超越。"世上有朵美丽的花，那是青春吐芳华"，这是对生命的超越。《这是一片神奇的土地》《平凡的世界》等作品打动人的正是对现实世界的超越……

当然，认识你自己还有很多很多的方法，比如积极地实践，在实践中发现自己，完善自己也是主要的方法。

总之，新的学期开始了，首先想到的是"芳华"。如果用"芳华"的这一关键词表达生命的话，我将做这样的表达：上天给了我微尘似的生命，我用它来创造人间芳华！

点燃"青年节"的火炬

1919年的5月4日，20世纪第一个值得我们记住的日子。由于第一次世界大战结束后的"巴黎和会"无理拒绝了中国作为战胜国要求废除不平等条约的正当主张，战败国德国在中国山东的不法权益又被列强转让于日本，激起中国人民的极大愤慨。1919年5月4日，北京三千多学生高呼"外争国权、内惩国贼"，举行游行示威，并迅速发展成为全国规模的反帝爱国运动和以民主科学反对封建文化传统的新文化运动。五四运动是中国近代史上最早由学生、工人和市民掀起的反帝反封建的革命斗争，运动的先锋是学生，主力是工人阶级，领导人是接受共产主义思想的知识分子，如李大钊等。五四运动在中国革命史上具有划时代意义，它标志着中国新民主主义革命的伟大开端。以五四为中心的新文化运动，高举了"民主"与"科学"的旗帜，鲜明地反对专制，反对蒙昧，为中国的未来开启了曙光，为古老中国的现代化进程打开了智慧之门。

为继承和发扬五四运动的爱国、民主、科学精神，1939年3月陕甘宁边区的青年组织规定了5月4日为中国青年节，中华人民共和国成立后，中央人民政府在1949年12月正式宣布5月4日为中国青年节。毛泽东也曾在1939年5月相继写了《五四运动》和《青年运动的方向》两篇文章，纪念五四运动20周年。在《青年运动的方向》一文中，毛泽东提出："五四以来，中国青年们起了什么作用呢？起了某种先锋队的作用，这是全国除开顽固分子以外，一切的人都承认的。什么叫作先锋队的作用？就是带头作用，就是站在革命队伍的前头。"

遗憾的是青年节在今天似乎已被淡化，就节日本身而言，由于五四青年节夹在了长假中间，学校与各级、各类单位普遍以放假的方式欢度青年节。因为放假，这个节日就很少有什么纪念活动，所以有些年轻人甚至反问，元宵节吃元宵，端午节吃粽子，中秋节吃月饼，青年节吃什么呢？这个青年人自己的节日因缺少好的形式，以至于这个年龄的人认为好像没有自己的共同节日。不仅如此，今天青年们在社会中的先锋作用与以往社会相比并不明显。随着竞争的日益激烈，青年们更多地关注自我与自我的发展，如在校学生更多地关心考出各类证书与将来的就业，对社会的关心、热爱似乎欠缺很多。

青年节确实是不应被淡化的，因为五四精神不宜被遗忘，这种精神也正是当代青年所缺乏的。目前对当代青年的评价又存在两种截然相反的观点，类似于当年的"糟得很"与"好得很"。持否定态度的人认为，这一代青年"以我为中心""心理脆弱""高分低能"，他们缺乏社会锻炼，在事业心、责任感，以及奉献精神、助人为乐方面不如过去几代人。持赞扬态度的人称当代青年是"思考的一代""最有希望的一代"，他们"走在时代的最前列"，他们具有广阔视野、开放的知识结构与相对独立的见解。

事实上，不管如何评价这一代青年，有一点必须肯定，青年都是国家的未来，是我们未来的接班人，这并不是什么豪言壮语，而是社会发展的自然规律。我们承认青年人中存在种种问题与缺点，这如同当年毛泽东在《青年运动的方向》中提到的"青年运动潮流中的一股逆流"。我们应充分肯定青年的历史作用，指出青年人身上不足，引导他们自觉地将自己的青春融入21世纪中华民族伟大复兴的时代潮流中。

青春万岁，青年不应被遗忘，青年节不应被淡化，所以我们说"青年节"的火炬需要点燃，五四精神需要传承与发扬，因为"青年兴则国家兴，青年强则国家强"。

说"狂"

对"狂"一词：我们更多的是在贬义上使用，我们常说一个人怎么怎么"轻狂"、怎么怎么"狂妄自大"等等。事实上，"狂"有着极为重要的积极的一面，所谓狂到适度是潇洒。"狂"是一种精神能量的最大程度的释放，我们不难发现，我们平常偶尔一"狂"时，会把自己特别想做而一直不敢做的事情，竟以自己想象不到的方式完成了。

"狂"是对有限度的突破，对自己有限度的感情容量与委琐的胆量的突破，这种突破常常能够打破你对世界的固有看法与习惯做法，形成你对传统的突破，使你创造出平常所不能创造的成就。

小孩子对世界充满了幻想与惊奇，这时的他们充满了创造力，而成人之后往往循规蹈矩，面对千变万化的生活不敢越雷池于一步，长此以往精神就被牢牢地戴上了枷锁，思维渐渐地与传统相一致并成为传统的一部分，概念化的思维模式再也开不出瑰丽的精神之花。四时可爱唯春日，一时能狂便少年，正是这一现象的浓缩。其实，大多数的成年人随着年龄一天天长大，内在的自我却一天天变矮，精神力量一天天减弱，其原因在于你经常告诫内心的自我"不许轻狂"。

狂到适度是潇洒，狂到极致处有艺术。毛泽东当年的"可上九天揽月，可下五洋捉鳖""指点江山，激扬文字，粪土当年万户侯""俱往矣，数风流人物，还看今朝"等等，都是因精神的舒展而体现的一种潇洒，"狂"的优势在于其可以最大程度地表达真实的自我。狂与神经质的区别在于，"狂"是有理性在控制的，而神经质几乎失去理智而一任情感泛滥，并使行为失常。

那么，问一下你自己，你是否有过"狂妄"之举？你高兴得发狂的时候是什么样子？积极有效地释放出你生命的激情与能量，善于表现原始的活脱脱的自己，敢于把自己豁出去，事实上，你不知不觉地给自己放了一次风，胆大妄为地做了一次"狂人"，你的精神在这春天般的狂想中自由自在地释放了一回，并在一刹那间学会了站立。

今天，面对"躺平"，面对各色各样的精神问题，更要学会有艺术地发泄你生命的能量，以和平常不一样的方式展现自己，这样，你的潜在的才能就会以另一种方式得到充分的发挥，此时的你往往会做出自己想象不到的成绩，这一点对成年人尤为重要。

成长趣事

2021年12月以来，我小学入学时的画面就不断栩栩如生地闪现在脑海中，并延伸到了初高中，现记录如下。

我的小学

入小学时，我属于提前入学，需要批准。所以当天妈妈为我换上整洁的衣服，把我带到校长办公室。校长当即做了个面试，语文就写自己的名字，数学就从1数到100，其中数数我应该是数到60以上就开始往回倒了，重新三四十开始数，应该还算机灵，当时就被录取了，顺利开始读小学。

清楚地记得我们小学的数学老师是很清秀的"王二奶奶"，当时的数学一开始是简单的10位数之内的加减，这个可以通过数手指头计算，超过10的计算就属于比较复杂的了。就小学时的整体学习情况而言，我那时背书比较强的，语文课第三天就要求背新课文，绝大多数人是背不上的。课程中还有农业课程，认识植物、科学养猪等等内容。还有劳动课，劳动课还要求回家用蒿草扎扫把带到学校用。难忘的是在学校参加的文艺表演，我记得拿着大大的笔做道具，其他同学有拿书的，有时表演欢送新兵等等。小学表演过的文艺节目很多，其中有一种文艺形式叫：三句半，就是以敲锣打鼓的形式来说三句半台词，我说最后的半句，往往是三个字。

那个时候，小学的学费好像是3块钱，交了两年之后，我们这里的小学、初中的就全部免了学费，高中大约5块钱。

小学最骄傲的事情，除了拿三好生之外，就是成为中国少先队员，戴红领巾，但不是人人都可以加入的，是分批分批分了好几批，我应该是三年级时第一批加入。大家同时在全体早操大会后走到"前台"进行宣誓，仪式还是蛮隆重的。后面陆陆续续有了好几批，但也不是全部学生加入了少先队员的。所以这个"红领巾"对学生的激励应该是相当大，记得自己就是每天很骄傲地戴着红领巾上学。

那个时候成绩差的同学被老师与家长称为"忽筒子"，上学叫作"上书房"或者"上学堂"。我们那时读书不叫读书，叫念书，所以每次上学前，家长、亲戚朋友再三叮嘱"念书用心点"，一定要"用心点念书"，口吻极其严肃。突然感到：那个时候，每个家长对学子都寄予了无限的希望。

那时候学校的课外生活是丰富多彩的，其中小学的高级用品是笔和本子，奢侈品铅笔盒，其中顶级的奢侈品是以熊猫为主要图案的铅笔盒，背景是竹子，打开盒子里面印有乘法口诀表，这个铅笔盒用今天的话说会"惊艳全班"，我有过这样的铅笔盒，感谢父亲！

那时小学生课后的游戏活动很多，比如跳绳、踢毽子、抽黄牛（就是打陀螺），车"滚子"（用铁杆子推着"铁圈"滚动）、打拍子、格房子（所谓格房子就在地上画个图，然后按照一定的规则跳出这个格子）等等。

小学时的校长是朱德怀，老师有唐亚维、刘勇猛和胡老师等。

我的初中

我们当地的小学有东部、西部两所，初中合并成了一所。那时我们的知青老师很多，如于步义老师等，他们的文艺特长明显，也反映到了对我们的教学中。

我们那个时候，前后几届的差别是很大的。时代在我们几届学子身上打下了不同的烙印，具体而言，从我们上一届开始就已经全面停止了"学工学农学军"这样的学习方式，而之前的几届特别重视"学工学农学军"。

上几届在读初中时，他们课堂上教的歌是《社会主义好》《共大花开分外红》等，他们上音乐课时，我就在教室后窗那里听，跟他们学这首歌。

当年我们最早地实行了成绩排名制，就是学期结束时，老师算好总分进行排名，排名表就贴在人员最集中的供销社门口。我那时的英语特别好，可惜后来七次从ABC重新学起，包括高中，包括大学，耽搁了我英文天赋的发挥。

我们初中时的校长叫张演宝，他爱人叫钟淑英，都是南京人，喜爱文艺，他们有两个儿子。钟老师喜欢用唱片机放当时流行的《洪湖水浪打浪》等。

非常感谢我们的初中老师，其中知青老师有语文老师于步义、英文老师丁励明、数学老师夏湘文（都是无锡人），本地老师一般是师范学校毕业，有数学老师王兴毅、物理老师许国富等。

知青老师文艺气息浓厚，所以我们还有文艺队，春节期间在各地演出，至今还能"闻到"我们化妆后化妆品的味道。演出丰富了大家的生活，平时重要的演出甚至请假进行排练，弄得各科老师很不高兴，夏老师就批评说演出不能耽误了学习。

初中毕业时我们报考了中专，那个时候考上中专也就等于跳了龙门，是个很好的出路，所以家长特别重视。有一个学生的成绩不很好，但是家长逼着她考中专，老师们建议她不要考，弄得同学为难得几乎要哭出来。有个奇特的场景是老师与学生出现了同场竞技的情况，最终一个也没有考上。

当年的生活应该还是比较艰苦的，我后来问过于老师对这一段生活的感想，他说苦不堪言，往事不堪回首。我想若干年过去了，还是需要用轻松一些的笔调来捕捉当年快乐的影子。

我的高中

初中毕业后，全乡的初中通过考试录取后合并成了一个高中，高中分了四个班级，其中一班是尖子班。因此，一班实行流动化管理，推行年度淘汰制，二、三、四班的年度优秀生进入到尖子班，最后一年时二班调整为文科班。我一直在一班学习，坐在第一排。

高中的教师更多，包括一些年轻老师。老师也是以知青为主，就一班而言，其中语文老师郑永祁（南京人）课程对我们的影响较独特，为了写好斗龙港的作文，郑老师特地带我们去观察斗龙港，他讲解的历史故事大家特别爱听，他批评同学的表情、神态与用词很独特，是南京话腔调："了不起得很呢！"

此刻再次发现，我们和上一年级的高中生相比，貌似不是一个时代的，我们的任务也更加明确。总之，千言万语要感谢属于我们的那个时代。

大学之前，我还有一段的变道与冲刺。人生有幸，首先特别感谢丰中复习班的叶品才老师，叶老师是坐在轮椅上的人，平常脾气很大。我们来复习班时叶老师首先建议我们转考文科，我们好几个同学正是在这一建议与安排下"弃理从文"，选择了文科，实现了人生的第一次有智慧的"变道"。

在复习三班（文科班）时，学习的紧张程度是空前的，早自习、晚自习，可以说没有空余时间，因此同学之间一般除了班干部，也仅仅认识前后左右的几个人，因为无暇他顾，大家也各自都在忙。每次考试都是要排名的，班主任丁婉谨（无锡人）非常严厉，谁考试明显掉名次了，谁学习分心了，谁谈恋爱了，等等，在一切场合，特别是在班会上揪着不放，猛烈批评。

这样高强度的学习是十分必要的，近一年的学习也是高效的，一批人顺利地跳了龙门，第一批录取的9人中有我。深深地感谢叶老师，感谢丁老师等丰中复习三班的老师与同学们，感谢那个难忘的岁月！是为记。

为什么我们会常怀念青春？

话说青春，青春是一个常说常新、永不枯竭的话题，我们人人都拥有青春，走过了青春岁月之后也都会怀念青春。那么，我们为什么会经常性地怀念青春？青春的魅力究竟是什么？可以说这个问题至今尚无最佳答案。对此，我认为主要有如下几个原因。

青春是人生稚嫩的开始

从咿呀学语、蹒跚学步到步入学校，成为懵懂少年，再到初步的独立青春岁月，十多年间，我们已经走过了人生最初的三部曲：婴幼儿时期、少年时光、青春时刻。其中的青春时刻代表着我们走向社会的开始与最初尝试。对于我们整个人生而言，学校还只是一个小社会，是人生的小舞台，我们从这里出发走向真正的社会，因此，青春时代是人生稚嫩的开始，这个阶段留下了我们最初的关于人生与生命的思考，并影响到我们的未来。

青春时代是人生观等三观初步形成的阶段

曾经我们并不是那么地珍惜自己的拥有，走过青春芳华之后方觉出青春之可贵。青春的可贵，不仅仅表现在容颜、体力、知识的快速成长，还包括人生观、世界观、价值观等快速成长并初步定型。正因为这是人生观等三观初步形成的阶段，可以说该阶段也是人生变化最大的阶段，对人生的影响也很大。

就情感而言，青春时代是人生最纯真的阶段

因为曾经的那一份天真与纯真。那时候想笑就开开心心地笑，敢想敢干，遇事不会像成年人那样左思右想、犹犹豫豫、缩手缩脚，活得真实而认真。所以会遇到不会钩心斗角的、真诚的朋友，这份人生风景同样是稍纵即逝的，特别值得留念。当然，此时的天真不再是儿童般的天真，而是儿童时代的残留，因此，更多的是纯真。

青春的美好也源于它是那么地短暂

青春是那么地美好，而又同时是那样地短暂，我们匆匆走过，甚至没有有意识地去认真体会青春，青春就离我们而去，对这段短短的岁月只能寄托于回忆来进行充实。

青春意味着一切可以重新开始

青春之魅力不仅仅是因为它记录着成长，不仅仅因为成长中的那一份纯真，不仅仅是因为它的短暂，还因为青春意味着一切可以重新开始，尽管我们人生可以随时重新开始，但是青春的重新开始不同。因为在学校的一切并不会直接决定了未来的一切，我们的人生完全可以从离开学校开始。况且人生可以从30岁开始，30岁之前的人生可以只是尝试，只是试错。重新开始说起来容易，做起来难，这里面包含了人生的机会成本，正因为如此青春才最令人难忘。

上述种种，构成了青春的美丽所在，也是我们怀念青春、点赞青春的重要原因。

日常用语中的经典错误

我们不总是生活在真理之中，就如同我们不总是生活在快乐之中一样，谬误不仅始终与我们相伴随，而且，在某一个时期，我们还会习惯性将谬误视为真理。如曾经的地心说就是这样，当然这里有时代的局限与科技的局限等等，但劈开时代的局限与科技的局限，谬误同样会存在于我们周围，如下列的日常用语就是我们语言使用中常见的错误。

心想事成

与此相关的另一句话是心有多大世界就有多大。我们先不论物质与意志，思维与存在之间的关系，在现实世界里，梦想、理想、信念等都是必需的，否则人生就没有了方向，同时在对理想的追求中，如果光是想着自己的理想，那是实现不了的，因为人生需要执行力。因此，在对理想的追求中，我们提出"行动为王"，所谓"大干大变、小干小变、不干不变"，只有通过自己的实践，才能最终实现理想。同时只有经过事件也才可以发现"理想"中存在的不足，甚至错误的成分，以修正我们的理想，这一点尤其重要。因为几乎没有一个神仙一开始就能很精确地设定好自己的目标，之后只要向着这个设定好的目标前进就可以到达理想的彼岸。所以我们要通过行动以不断地检验、修正、完善我们最初的想法。

当然，我们注意到人们往往是在祝愿中使用这些语言，表达一种美好的期望，在这一语境中使用时，人们强化了理想的作用，夸大了"心想事成"的理想价值，这可以说是一种"善意的欺骗"。但即使如此，我们必须在意识上清楚地知道这些只在特定时刻使用，不能将其视为一种常态。如果将之视为真理，并用这样的思想指导我们的行为，会造成思想与行为的脱节，典型的表现就是在医疗中，我们需要发挥精神的力量，但是精神的力量不是万能的。

有理走遍天下

俗语说："有理走遍天下，无理寸步难行。"但在现实的法治生活中有些当事人认为明明自己有理，到了法院，却稀里糊涂地输了官司。这就难免使一部分人对法官的公正性产生怀疑。其实，造成这种情况的原因是多方面的：1. 有"理"无"据"。诉讼不仅是一个"理"的问题，有"理"还得有"据"，当事人不能举证或迟延举证也可能导致有"理"而败诉。2. 超过诉讼时效。有"理"还得守"时"，如果超过诉讼时效，即使有理也得不到法律的保护。3. 没有遵守法律的程序性规定。有"理"还得遵守法律的程序性规定，如当事人选择的诉讼请求不当、不出庭应诉等，都是造成有"理"而败诉的重要原因。

法治社会，越来越多的人开始质疑"有理走遍天下"，即有理照样会输官司。法治社会的实践使我们懂得有理并不总是走遍天下，有理只是有利于成事的一个因素，理能否最终转变为有利，转化成现实的利益，必须要具备其他条件，如聘请律师、积极取证等有效的方法。因此，"有理走遍天下"就是人们对是非观念的一个感性认识，而非理性认识。我们不能因为"有理"而对事态麻痹大意，人们常说天有不测风云，世上的事不到最后一刻是谁也不会知道结果的。

杀人偿命

在法治生活中，杀人并不一定要偿命，典型的就是精神病人杀人不但不偿命，甚至还不负刑事责任，因为他们没有刑事责任能力，即使是赔偿等民事责任也由其监护人代理。未成年人杀人也不必须偿命，因为他们的刑事责任能力是有限的。

欠债还钱，天经地义

首先，欠债要能有证据证明，特别是在没有借据的口头借款中，例如对方是来当事人家里取的钱，当时只有当事人本人和他的爱人在场，如果在法庭上对方不承认这一借贷的事实，那么出借人怎样来证实，这就是一个重要问题。其次，还存在诉讼时效问题，这些我们在上述"有理走遍天下"中也已经提到。最后，"恶债非债"，就是说在赌博等情况下产生的债务属于"恶债"，不受法律的保护。一旦诉讼到法院，法院一律不予支持，就是说在有些场合中，欠债还钱，并不天经地义。

真金不怕火炼

就金属元素而言，金的熔点约800度，普通的火的最高温度为500度，因此，在一般情况下用火烧金是不会熔化的。但达到一定温度金也是会熔化的，即以超过800度高温灼烧就会熔化，这在现代技术领域，可以说是不费吹灰之力的。这一现象告诉我们在社会生活中，我们究竟应怎样去对待事实，对待真理。事实需要证明，真理需要宣传。就如同我们上面提到的"欠债"，即使是事实，但还需要借条等予以佐证，而不是事实上存在借款的行为，法律上就一定认可，即真金也怕火炼。这就需要人们具备证据意识、诉讼时效意识、诉讼程序意识等法律意识。

群众的眼睛是雪亮的

这是一句政治语言，但已被用于现实生活之中了。总体而言，群众的眼睛与其他人的眼睛是一样的，群众的眼睛不存在特异功能。在法治生活中，如果以"群众的眼睛是雪亮的"的理念来判案，是很容易出现错误的。例如即使是证人进行做证，也不见得总是百分之百正确的。抛开故意做伪证不谈，证人也存在认识错误等容易发生的问题。

上述种种，一方面反映了人们在语言使用中存在人云亦云等现象，另一方面也反映了社会生活的变迁，特别是在法治社会中，上述语言使用的变化。因此，我们要根据时代的变化，不断修正我们的语言，更新我们的思想观念，以努力与时代的发展同步，成为时代的主人与社会的新人，而不是落伍者。

在什么情况下，1+1≠2

人们常说，这是个1+1≠2的时代，意思是说离开数学领域，在社会生活中大量存在着1+1≠2的现象。这样的例子不胜枚举。例如在一只虎笼子里，放进一只鸡，最终就是一只虎；在一只猫笼里，放进一只老鼠，最终就是一只猫，等等。就现象学而言，又会有1+1=王（一加一）等等。面对这一现象，人们的回答是1+1=2只是适用于数学领域，不能将其搬入到社会生活中。其实即使是在数学领域，1+1也可能≠2，那么，在数学领域，1+1在什么情况下≠2？面对这一现象，我们如何进行分析评价？

我们认为数学领域中，在以下两种情况下，1+1≠2。

相容性的2个物质，在同一空间，其两者之和≠2。

所谓相容性的物质，是说2个物质可以相互吸收、溶解，而成为一个同质性的物质。例如：

1滴水+1滴水，在小规模或者说小范围内相加，仍然是1滴水。

尽管，就实质而言，1滴水+1滴水=1滴大水，但是就外观而言，1滴水+1滴水仍然=1滴水。当然上述现象，要求2滴水出现在同一空间，否则就是分散在2个地方的2滴水。

值得注意的是，这一结论是在小规模或者说小范围内相加所形成的现象，因为如果是在大的规模或者说大的范围内相加，情况就出现很大的变化，因为1滴水+1滴水+1滴水+1滴水+1滴水……循环往复，1滴水就变成了1摊水、1碗水、1桶水、1坛水甚至是1条小溪流。而且无穷尽的1滴水还会形成"滴水穿石"的力量。

1群羊+1群羊，仍然是1群羊。

1群羊+1群羊不可能成为2群羊，理由是"群"是个不确定的模糊概念，因此，尽管上述题目仍然可以进行精确的表达，那就是1群羊+1群羊=1大群羊，但是在这一情况下，"大群"依然是个模糊概念，依然是出现了1+1≠2的现象，等等。

相互起化学反应的2个物质之和≠2。

2个相互能够起化学反应的物质发生反应，生成了另一种新的物质。在这种情况下，不仅仅是1+1≠2的问题，而且是在1+1的状态下转化为了新的1或者是新的1+1。

例如氢气加氧气结果就成了水，这就是化学反应式：$2H_2+O_2=2H_2O$，等等，可见，2个能够相互起化学反应的物质，其两者之和≠2。

再例如，生石灰遇到水就不会出现1+1=2的现象，生石灰溶于水的化学方程式是：CaO（生石灰）$+H_2O$（水）$=Ca(OH)_2$（灰钙粉），用化学术语表达就是：氧化钙+水=氢氧化钙。可见，$CaO+H_2O$是不能共存的。

此类例子可以说是俯拾即是。

面对1+1≠2，我们如何科学地认识、对待1+1=2?

1+1=2，这是数学的基本定理。可以说整个数学是建立在这一基础之上的，否则整个数学就会被颠覆。但是，如同真理不是绝对的一样，真理有其相对性。数学定理也一样，数学定理也有例外，在上述情况下的1+1≠2正是1+1=2的例外。因此，任何事物都是原则性与灵活性的统一，1+1=2是基本原则，1+1≠2是极个别的例外，这体现了原则性之外存在的一定灵活性。灵活性并不是对原则性的歪曲，而是对原则性的丰富与发展。

任何定理有其存在的时空，1+1=2作为定理存在于数学领域。所谓放之四海而皆准的定理、真理其实是不存在的，因为"放之四海而皆准"一说是文学化、情感化的表达，有一定程度的夸张。因此，不能简单地把学术中的定理照搬到社会生活中来，与纯净的数学世界相比，社会生活是光怪陆离、变化多端的，就如同我们说两点之间最短的距离是直线，但是在人生中，两点之间最短的距离往往是曲线。

我们说，我们已经进入了1+1≠2的时代，主要针对的是整个社会而言，不是针对数学而言。这一说法的合理性在于要求我们因地制宜，具体情况具体分析，不能照搬照抄任何在其他领域认为是真理的知识、经验，在实践中，要求我们活学活用各种知识，这对于培养我们的创造性，防止思想的僵化、保守具有积极的意义。

总之，即使是在数学领域，1+1=2也只是基本定理，1+1≠2是极个别现象，这一极个别现象是对1+1=2的丰富与发展。如果一味地固守1+1=2就会出现机械、呆板的现象，这就是我们常说的教条主义、本本主义。因此，1+1≠2对于我们深入、完整地把握1+1=2，以及活学活用1+1=2，不过于迷信1+1=2等具有特别重要的意义。

他人乘飞机，不宜祝他"一路顺风"

日常生活中，经常会遇到当别人乘飞机远行的时候，同伴会脱口而出，"祝你一路顺风"。其实，这一祝福不适合在这一场合使用。之所以如此，不仅仅是出于心理学上的考虑，还有科学上的考量，因为飞机飞行的基本规律是"逆风而上"。有一门与研究飞机飞行原理相关的学科叫空气动力学，它是力学的一个分支，主要研究物体在同气体做相对运动情况下的受力特性、气体流动规律和伴随发生的物理化学变化。空气动力学是在流体力学的基础上，随着航空工业和喷气推进技术的发展而成长起来的一个学科。"逆风而上"这一独特现象对我们的人生也有很多重要的启迪。

"逆风而上"是飞机飞行的基本原理。简单而言，飞机使用空气作为动力的基本原理如下：

飞机在飞行中需要空气的动力将其"托"起来。

我们都知道"水能载舟"的道理，空气也具有"载舟"的功能，在这一状态下，我们将其描述为"空气具有把飞机托起来的功能"，简称为"气能托机"或者"气可托器"。但是，空气与空气的动力是两码事，那么，空气是如何被飞机转化为空气的动力的呢？飞机被空气托起来功能又是如何获得的？简言之，飞机通过高速行驶与空气之间产生了摩擦力，正是这一摩擦力被飞机转化成了动力，即空气的动力，从而把飞机"托起来"。因此，如果是顺风，飞机就会掉下，无法飞上蓝天。所以，在这一意义上而言，没有摩擦力就没有动力。在日常生活中也是如此。例如我们走路，如果没有摩擦力，人就不能行走，在冰上行走就很难。在人生的道路上更是如此，所谓"没有压力就没有动力"。

值得一提的是，在现实生活中，即使是顺风，也不影响飞机飞上蓝天，因为正常的顺风不影响飞机的起飞。但是，就理论而言，飞机需要借助逆风形成向上的动力，所以"一帆风顺"不是飞机最理想的状态。

　　飞机又是如何将摩擦力转化为动力的？

　　如果空气的动力仅仅是摩擦力，那么它就会成为飞机前行的阻力，所以我们还要进一步观察与思考飞机是如何再次把阻力转化为动力的。简单而言，飞机在上升过程中形成了与水平方向的夹角，这样飞机就与地面形成了一定的倾斜度，向上运动，而风形成的巨大阻力推在飞机机身上，这样的阻力越大，向上的力量越大。在这一情况下，飞机对阻力有一个分解的过程，从而把阻力转化成了动力。

　　其实，不仅仅是飞机的飞行原理，在一般的生活中，我们也要思考如何"将阻力转化成动力"。那就是像飞机一样，不要正面迎接阻力，与阻力形成一定的夹角，分解阻力，最终将阻力转换成"逆风而上"的动力。这也是为什么生活中常常会出现某人越是被批评，越是被责难，越是"红火"，甚至"红得发紫"的现象。因为批评被转化成了被批评者的动力了，所以我们不应当惧怕批评。

　　在一定的高度上，飞机就将空气的动力转化成了"浮力"。

　　我们知道飞机起飞的时候阻力大，此时最为"艰难"，但是一旦达到一定的高度，空气的动力就完全不是阻力，而是飞机"生存"的"浮力"，所有的阻力在性质上都完成了转换，即阻力成为完完全全的"给力"，成为"服服帖帖"的支持力。人生也是一样，当事业达到一定高度之后，人生就会进入到"畅游"的境界，形成人生最佳的生存状态。

　　此外，就心理学而言，"一帆风顺"的祝福，不经意间，强化了远行者的"心理暗示"，强化了朋友的远行"压力"。因为乘机者都有一种"飞机千万不要掉下来"的心理压力，在这一语境中使用"一帆风顺"，事实上给了乘机者一个消极"心理暗示"，强化了客人这一心理压力，似乎是催促乘机者思考这一特别敏感的现实问题"难不成这一次就不顺利？"所谓"最想要得到，最害怕失去"。不仅如此，在这一语境中使用"一帆风顺"，似乎是祝福者在"希望"这次远行"不顺利"。对此，当前已经出现有"一路逆风"之说，该说的语言使用不"讨喜"，不如改成"平安"之类的更好。我们祝福的本意无疑是想通过祝福来表达问候与善意，但是在这一语境中使用，容易将"善意"转化为"恶意"，就可能不是"一句话说得人笑"，而是"一句话说得人跳"，这里的"跳"不是表现在身体外部的"跳"，而是内心的"心惊肉跳"。特别是今天我们都生存在竞争社会，人人都处于很大的压力之中，因此，我们需要幽默、搞笑甚至不惜"恶搞"来减缓压力，祝福语也是我们减缓压力的重要方式之一，不能让祝福语成为"压力语"。

可见，任何规则、定律都会有反例，都会有例外，包括法律。我们渴望定律、准则来简化我们的日常生活，而不是随时随地在思考状态。但是生活中基本上很难有"放之四海而皆准"的通行法则。例如，我们都知道我国法律对劳动权的规定，那就是16岁以上的人才享有劳动权。但是，这一规定也有例外，那就是"童星"不受这一规定的限制，"童星"即使是不满10岁，同样具有劳动权。当然，"童星"的劳动权的行使具有特别的规定，包括由其父母代为行使等等。

总之，很多思想、经验、用语等都要视具体情况而灵活运用，作为祝福语的"一帆风顺"同样如此，否则就会出现"好心办坏事"的现象。在新的时代，特别是在国家提出社会主义核心价值观的时代，我们的祝福语也必须与时代同步，做到"与时俱进"，使自己成为一个有修养、有品位、有时代感、有现代气息、高尚的人。

面对"躺平"

——对当前教育的反思与应对

近来"躺平"一词已经成为流行语，人们从各种角度进行解读。众所周知，当前的教育存在着不少问题，这一问题表现在很多方面，就年轻学子对接受教育的信心与热情而言，当前因"阶层固化"等问题的存在形成的青年奋斗精神不足的现象值得警觉。自1977年恢复高考制度以来，高考已经成就了数以万计的知识青年及其家庭的梦想。当然，在更早的封建社会还实行科举制度，通过考取秀才、举人等功名"改变命运"，这也是古代教育史上的重大事件。当前"读书还能改变命运吗？"已经成为青年学子的重大困惑。造成这一困惑的主要原因是：

录用公务员制度的变化。从2011年开始，招录公务员实行主要招录"有基层工作经验"人员，这一制度的实施意味着刚刚毕业的大学生，特别是农家子弟几乎失去了通过考公务员来改变命运的机会。

在大城市就业的难度增大。作为农家子弟的大学毕业生毕业后想进入北京、上海、广州等城市甚至是一般省会城市工作难度增加。由于生活成本过高，进入大城市几乎成为遥不可及的梦想。

大学生进入上层社会变得更加艰难。在目前情况下，农村孩子通过高考改变命运，进入城市，并走入上层社会之路已经相当艰难。

上述种种说明高考制度正在发生变化，通过高考改变命运的时代几乎正在成为过去，农民对于教育制度越来越失去信心，并直接导致了农村孩子放弃高考的现象存在。这一问题如果不能引起我们的充分重视，其后果是严重的，这些后果集中表现为——

社会的正常流动秩序受阻，公正、合理、开放型的现代性社会阶层结构难以形成。所谓"流水不腐、户枢不蠹"，社会的正常流动不仅仅能够带动整个社会的活力，而且可以推动全社会政治、经济、文化的发展。如美国就是一个主要靠移民组成的国家，上海、深圳等城市的发展都与大量的外来人员，包括人才的引进是分不开的。社会的正常流动会引起社会结构的合理变化。

社会中间阶层的成长不畅，社会阶层结构形态难以向理想的橄榄形结构转化。当前社会结构的演变是底层庞大，从底部往上走的线路受阻中间阶层无法壮大。

人们的生活热情、工作积极性受到压抑，并影响和谐社会的建构。在目前的社会阶层结构中，社会流动缓慢甚至是凝固化，社会结构板块化，社会的活力明显降低。

其实，中国人历来重视教育，并且对于教育投资可以说是不惜血本。因为在中国教育还有一个特殊的功能就是成就知识青年以及其家庭的希望与梦想，当前这一希望与梦想正在呈现出"疲态"。因此，当前的教育制度，包括高考制度改革都需要进一步调整与规划，以成就年轻学子以及家庭的希望与梦想，实现合理的社会流动。

为此特别建议：

国家通过各种形式鼓励知识青年奋发向上，以形成全社会奋发向上的精神风貌。每一个人的奋发向上，是国家动力与社会活力的基本动力。需要调动起社会一切积极的因素进行现代化建设，打造和谐社会。

以"以人为本"与社会的合理流动为理念，推行教育制度与政策的改革。过去的40多年中，年轻人通过接受教育，通过高考制度实现"读书改变命运""高考改变命运"的情况比比皆是，人们常常将之比喻为"跳龙门"。高考与当兵曾经是年轻学子改变命运独有的两条途径，特别是对农村的年轻人而言，在两者当中，高考又是更好的途径。这一举措也改变了年轻学子的命运与国家的发展。

切实落实大学生的就业工程，以实际行动促进和谐社会建设。大学生的就业应为国家发展教育事业、完善高考制度改革的重要内容与重大工程。对此，国家应做出新的部署与安排，为大学生的未来发展提供基本的社会平台，以实现莘莘学子的报国情怀。

总之，教育是关系到中国前途的大事，教育改革也是当前的热点话题之一。我们必须充分重视当前教育改革与教育制度的完善，特别是农村的教育改革。在新一轮的改革开放中，需要注意在社会合理流动的理念下进行教育改革与制度创新，以最深程度地激发年轻学子学习热情与奋斗精神。

法制随笔篇

话说律师

　　律师是民主社会的产物与标志，是现代社会不可或缺的职业，律师一词在法律上的解释为"具有律师资格并取得律师执业证书的专业人士"。在国外，记者有无冕之王之美称。其实，与记者相比，中国律师才是真正的无冕之王。律师是自由职业者，律师行业属于社会中介组织，律师本人不属于国家工作人员，不受《国家公务员条例》的限制；其次，律师工作特点是强调个人的独立性与独创性，其言行与工作方式不受程式与组织的限制，可以做到"随心所欲"；再次，律师工作主要依靠的是专业知识与技能，而非等级严明的组织或庞大的机器设备；最后，律师的收入一般能够使其不受经济问题的困扰，因此维持了律师的独立性。在现实生活中，律师也是社会活动家，而非简单的学者。虽然平时律师的活动能力是被作为贬义来看的，律师个人也喜欢被称为学者型。但这里涉及律师的工作方式，律师不是坐在家中等待案件上门的，而是要出去找案的，随着律师业竞争状况的日益加剧，这一点表现得更加明显。案源对律师而言极具重要性，可以说案源是律师一切工作的基础。有了案源，不会的东西可以边干边学，没有案源，律师实务无法展开，所谓办案艺术也只能是空谈。实践中，律师法律水平很高但业务量并不十分突出的现象并不少见。而案源的取得需要律师的活动能力，其具体渠道主要是：一是通过办案宣传自己，使别人认识你；二是广交朋友，通过朋友介绍案件；三是相关国家机关介绍来的，但是目前由法官给当事人介绍律师已经在许多地方被法官的纪律所禁止；四是你的当事人介绍来的；五是自己走上门的客户，这种方式来的案件最少。可见，律师活动能力的重要性。在律师客户档案中，法律顾问单位是律师的基本客户，顾问单位可为律师提供基本的案源。因此，法律顾问工作又是律师的工作之本。在案源的维持上，首先要确保案件质量，其次是人际关系沟通与维持能力。在案源的开拓上要靠律师主动出击，推销自己。这种推销包括以法律的功底、技巧、经验完善自己，以服装气质包装自己，以汽车、电脑装备自己，等等。

关于律师的特点问题，各家众说纷纭，比较普遍的观点是：律师象征着正义，代表着公平。其实，律师的特点是最大程度地维护委托人的合法权益。这也是律师与法官的本质区别。如果说在刑事案件中，律师需要为犯罪嫌疑人"仗义执言"，其含义也更多地体现为敢辩。即敢于给"坏人"说话。在民事案件中，律师首先接触的是自己一方的委托人，最了解自己的委托人的"冤情"，而该案最需要律师办理的正是解决委托人的冤屈，委托人希望律师在法律许可范围内为自己争取最大的权益。另一方面，在一个案件中，双方当事人处于"敌对"状态，至少从一开始律师不便于从双方的角度来分析与处理问题。与律师不同，法官则需要正确分析双方的案情，兼顾双方当事人的合法权益进行公正裁判。

律师的品质可归结为胆量与勇气、理智与细致。律师的胆量与勇气是完全有别于鲁莽之士的，律师更应该是勇士与谋士而非斗士，如果律师成天像斗牛一样与人斗，主要表现为与政法机关工作人员、其他国家机关工作人员、对方当事人斗，那么结果斗倒的还是自己，也损害了自己的生存环境。因此，律师的勇气是一种知而后勇，是与理智、细致相连的，而非猛打胡闹。律师的理智与细致既是律师的立身之本，又是律师区别于其他法律工作者的本质所在，因为律师能从公检法办理的案件中找到突破点，必须更具有理性、细心、胆量、勇气组合的超强能力，这种超强能力就是律师的谋略。

此外，律师还必须具备分析与处理问题的能力，这种能力一方面需要专业知识，另一方面也需要长期的锻炼与社会阅历。所谓律师办案的艺术是完全建立在该基础之上的，因为这种能力是无穷无尽的。所以，律师办案的艺术也是无极限的，这也是律师职业魅力之所在。

有理走遍天下吗？

俗语说："有理走遍天下，无理寸步难行。""理"在我们的日常生活中具有一定的地位，有人从说文解字的角度，解释理，说"王、日、土"构成"理"字，以此推出——天、地、王的组合就是理。但社会之理，生活之理，并不总是那么简单地黑白分明的。同样一个理，从一个角度去看在理，换一个角度就不在理了，典型的说法就是"公说公有理，婆说有婆理"。"有理走遍天下"就是人们对是非观念的一个感性认识，而非理性认识。现实的法治生活中有些当事人认为明明自己有理，但是到了法院，就稀里糊涂地输了官司。这就难免使一部分人对法官的公正性产生怀疑。其实，造成这种情况的原因是多方面的：

1. 有"理"无"据"。有"理"的败诉绝大多数是因为当事人不懂诉讼规则而失掉了胜诉的机会。胜诉不仅是一个"理"的问题，有"理"还得有"据"，当事人不能举证或迟延举证也可能导致有"理"而败诉。

2. 超过诉讼时效。有"理"还得守"时"，如果超过诉讼时效，即使有理也得不到法律的保护。

3. 没有遵守法律的程序性规定。有"理"还得遵守法律的程序性规定，如当事人选择的诉讼请求不当，不出庭应诉等，都是造成有"理"而败诉的重要原因。

法治社会，越来越多的人开始质疑"有理走遍天下"，即有理照样会输官司。法治社会的实践使我们懂得有理并不总是走遍天下，有理只是有利于成事的一个因素，理能否最终转变为有利，转化成现实的利益，必须要具备其他条件，采取聘请律师、积极取证等有效的手段。因此，我们不能因为"有理"而对事件麻痹大意，人们常说天有不测风云，世上的事不到最后一刻是谁也不会知道结果的。

中国文化有着很深的好人思想与唯理情结，我们有许多事是依理来办的，即使是有法，也会再外带一个"理"字。这种情结源自人治的机制，又在强化着"人治"机制。现代社会需要我们跳出"理"的藩篱，我们在做事行事时要合理更要合法，比如借贷关系的确立应采用书面形式，特别是大额借贷，必要的时候应办理相应的公证，以免今后扯皮。法是经过中和的成熟的理，有了冲突要找理，更要找法。遇到不得不诉诸法律的事情，要用聘请律师等手段来积极地维护自己的权益，使得理最终能够得到法律的支持，成为法律上的"理"。

话说"法官不是官"

我们谈论法治不能总是鸿篇巨论，中国的法治建设离不开我们对法治细节的关注与培育，可以说法治是由细节构成的，是一系列细节的连接，包括林林总总看得见的具体制度与摸得着的具体产品，如法袍、法槌等。离开这些细节，法治就成了"高射炮打蚊子——空对空"。对什么是"法官"的问题，我们同样存在至今仍然没有理清的重大细节问题。我们提出"法官不是官"，而我们的一举一动却将法官当成了官，导致了司法行为行政化的倾向。

事实上，法官就是审判人员。就法律依据而言，我国的三大诉讼法《中华人民共和国民事诉讼法》《中华人民共和国刑事诉讼法》与《中华人民共和国行政诉讼法》都没有"法官"这一称呼，统一称之为审判人员。在职称方面我国也长时间使用审判员、助理审判员制度，直到目前我们的判决书中仍然使用这一称谓。1995年2月28日出台的《中华人民共和国法官法》第一次在国家法律文件中正式地使用了"法官"一词。即使如此，《法官法》仍然将"法官"定义为审判人员。《法官法》第二条明确规定：法官是依法行使国家审判权的审判人员，包括最高人民法院，地方各级人民法院和军事法院等专门人民法院的院长、副院长、审判委员会委员、庭长、副庭长、审判员和助理审判员。可见，"法官不是官"，因为审判员一说，已明确表明审判人员是专业人员的性质，而不是"官"。

我们不否认法官与其他行政官员两者存有共性，但两者的区别更加明显，这一区别从本质上表明"法官不是官"这一基本判断，具体表现为：

1. 工作手段不同。法官职业的开展主要靠专业知识，此外还包括生活经验等，而不是其他官员所依靠并强调的群众基础。因为法官工作就是断案，就是就事论事地把一件纠纷的是非曲直讲清楚，不需要大范围的发动、激励与协调。

2. 管理方式不同。一般官员的管理要求下级服从上级，而法官职业需要的是"法官独立"，而不是一般法官服从庭长，庭长服从院长这一行政管理模式。因此，法官服从的是法律这一唯一真理，而不是上级，相反其他官员应当服从上级的行政命令。

3. 工作方式不同。其他官员要求与群众打成一片，努力做到"从群众中来，到群众中去"。法官要做到"审判中立"，遵循"不单方接触"，对双方当事人"平等对待"的原则进行审判活动，做到"形式公正"，努力追求"结果公正"。这是司法本身的中立性、被动性、终结性等特点所要求的。

4. 法官判案强调说理。对任何一起案件的判决，法官都不能用行政手段强迫当事人服从，包括在调解过程中。法律的专业性要求法官必须以说理的方式，特别是要在判决书中以说理的方式使当事人信服，当事人如果不服仍然可以通过上诉等途径解决纠纷，这是行政权力运行过程中所没有的。所以我们提出并坚持"司法要讲理"，这也是司法取信于民、司法为民的重要保证。

"法官不是官"，这一定位要求法官应当是法律专家，应当是德高望重、具有丰富社会经验的专业人士。"法官"应以此而非政府官员的形象塑造自己。

首先，"法官"不能将自己等同于行政官员。法官是运用法律知识解决法律纠纷的专业人员，因此，法官首先必须是拥有专门知识的专业人员，尤其重要的是法官必须努力让自己成为法律专家，而不是社会活动家。具体而言就是要在办案中坚持"审判独立""审判中立"，不服从任何权贵，不依赖于任何"诱惑"，按照"不单独接触""判决要讲理"的司法工作的规则与规律判案。

其次，在法官面前除了法律之外没有别的"上帝"。法官应当是法律最忠诚、最有力的卫士，因为，司法是社会正义的最后一道防线。法律信仰是法官基本的职业道德，法治应当是法官为之献身的一种事业。如果法官以法律为手段谋取财富，如果允许"打官司等于打关系"，那么社会的正义必将成为"空中楼阁"。

再次，法官应当是德高望重、有社会经验的专业人员

法官的选拔应当是十分严格的，各国法院在选择法官时，几乎都要求"德高望重""社会经验"，如国际法院的《国际法院规约》规定，当选国际法院法官，必须是品格高尚并在本国具有最高司法职位任命资格的或公认的国际法专家。可见，道德对法官的重要性，正因为如此，所以近年来，我国也加强了法官的职业道德与职业纪律方面的制度建设。

最后，就民事案件，特别是经济纠纷而言，法院基本上是收费的，而且收费并不低，这一收费表明了审判行为与行政行为的区别，说明法院审判工作具有一定的裁断性。

我国的"法官"曾经并且目前暂时在某些领域还有一个非常好的名称：审判员与助理审判员，只可惜这一称谓被《法官法》所改变。可喜的是法院的判决书中仍用这一称谓，笔者对此非常认同，我们由衷希望这一名称保留下去。我们说"法官不是官"，这并不是一个文字或者哲学游戏，这是一个被人忽视的重大的法治问题，反映了我们对"法官"这一概念更深刻的认识。而且对法官概念的正确认识，不仅有助于我们理解这一职业的精髓，甚至可以说是研究、推进并最终完成中国司法制度改革的关键之一。

实现中国梦的组织保障

2013年3月17日习近平主席在全国两会闭幕会上九提"中国梦"，同时强调依法治国，强调法治政府建设，强调法治是治国理政的基本方式。无疑，中国梦的实现离不开制度建设，离不开法治保障。中国发展的历史经验告诉我们，中国的进步与中华民族的复兴离不开法治的同步发展，法治是中国梦的制度基础，同时领导干部的法治思维和法治能力是实现中国梦的组织保障。

1997年党的十五大提出了依法治国的治国方略，在我国的制度发展中，依法治国的内涵是在不断丰富与发展的，今天政府的依法行政与执政党的依法执政都是依法治国的重要内涵之一。党的十八大报告对依法治国又有进一步的阐述，《报告》对依法治国有五次表述，其基本精神是强调坚持依法治国这个党领导人民治理国家的基本方略，确保依法治国基本方略的全面落实。强调在政治体制改革中，必须坚持党的领导、人民当家作主、依法治国有机统一。特别值得注意的是党的十八大强调要提高领导干部运用法治思维和法治方式深化改革、推动发展、化解矛盾、维护稳定能力。强调坚持依法治国和以德治国相结合。

可见，在推进依法治国的过程中，党的十八大报告强调了领导干部运用法治思维和法治方式的能力。这一能力至关重要，所谓法治的关键是"一把手"。对此，党和国家领导人邓小平同志早在1978年12月13日关于《解放思想，实事求是，团结一致向前看》的报告中，就指出："为了保障人民民主，必须加强法制。必须使民主制度化、法律化，使这种制度和法律不因领导人的改变而改变，不因领导人的看法和注意力的改变而改变。现在的问题是法律很不完备，很多法律还没有制定出来。往往把领导人说的话当作'法'，不赞成领导人说的话就叫作'违法'，领导人的话改变了，'法'也就跟着改变。"党的十五大报告在解释依法治国的内涵时同样引用了这一内容，所谓依法治国，"就是广大人民群众在党的领导下，依照宪法和法律规定，通过各种途径和形式管理国家事务，管理经济文化事业，管理社会事务，保证国家各项工作都依法进行，逐步实现社会主义民主的制度化、法律化，使这种制度和法律不因领导人的改变而改变，不因领导人看法和注意力的改变而改变。"因此，强化领导人的法治思维和法治能力也是"文革"之后我党所一直关注与强调的重要内容，是我国法治建设的重要方面。

依法治国既是一种理论，也是一场实践，既是宏大的治国方略，也是具体的活动方式。在现实生活中，所谓依法治省、依法治市、依法治企、依法治校等都是对依法治国的具体化。事实上，我国的律师制度中就有律师宣誓制度。2000年6月17日，全国律协就制定了《关于实行律师执业宣誓制度的决定》。2012年3月21日《关于印发〈关于建立律师宣誓制度的决定〉的通知》规定，经司法行政机关许可，首次取得或者重新申请取得律师执业证书的人员，均应参加律师宣誓。誓词的内容包括"维护宪法和法律尊严"等等。因此，依法治国这一治国方略的实现不能停留于口号上，依法治国的实现需要领导干部的引领，并且其最终是由一系列的法治细节成就的。

当前，整个社会在强调依法治国、依法执政、依法行政共同推进，法治国家、法治政府与法治社会的一体建设，那么，在法治实践中，如何具体落实"共同推进"与"一体建设"，其方法是多种多样的，其中领导干部的法治思维和法治能力也是重要的一个方面，因为领导干部的法治思维和法治能力是实现中国梦的制度基础与组织保障。因此，在实践中，推进"法治GDP"的理念，将法治政绩观作为"绿色GDP"的内容之一，也是提升领导干部法治思维和法治能力的重要手段之一。

"五治融合"

——将智治、美治纳入国家基层治理

全面深化改革的总目标是完善和发展中国特色社会主义制度，推进国家治理体系和治理能力现代化。党的十九大提出："加强农村基层基础工作，健全自治、法治、德治相结合的乡村治理体系"，我们将其归纳为三治融合的社会治理新模式。

随着基层社会治理实践的发展，各地已经提出了"四治融合"乃至于"五治融合"社会治理新模式，如山东枣庄市山亭区坚持政治引领、法治保障、智治支撑、自治协同、德治教化"五治融合"，江苏南京鼓楼区开启基层治理新模式，发挥"政治"统领作用，提升基层治理凝聚力，发挥"法治"保障作用，增强基层治理定力，发挥"德治"教化作用，激活基层治理内生力，发挥"自治"强基作用，激发基层治理动力源，发挥"智治"支撑作用，强化基层治理助推力。

结合我国的社会治理实践，我们建议根据基层的社会实践，建立"五治融合"的社会治理新模式，即在政治之外，提出自治、法治、德治、智治、美治的理念。智治主要是基于大数据、人工智能等新技术的发展，智慧城市的发展理念，以及社会治理创新的时代要求等而提出的，目前，智慧城市也是目前很多地方，如上海等地提出的重要发展理念。同时，中国共产党第十八次全国代表大会提出了"美丽中国"的概念，强调把生态文明建设放在突出地位，融入经济建设、政治建设、文化建设、社会建设各方面和全过程。就基层的具体实践而言，2016年11月10日，上海市奉贤区第四次党代会提出"奉贤美、奉贤强"的发展战略，明确了奉贤未来发展的方向和目标。2019年，全国有不少的区委、区政府在美丽乡村建设中，强调美育教育，等等。社会实践的经验表明，这些战略目标契合了我国的社会发展，适应了我国发展的时代诉求，显示了很好的作用，结合社会治理创新，特此将 "美治"予以提炼。

故此，建议将智治、美治纳入到国家的社会治理体系之中，探索建立我国"五治融合"的社会治理体系新模式。

"善意地对待法律"乃一国法治之根基

社会公众如何对待法律是检验一国法治质量的重要因素。人们普遍认为我国法治建设已经取得了巨大的成就,但我们在日常生活中经常听到的"法不禁止即自由"、律师是"专门钻法律空子的"等等说法,却与现代法治精神相去甚远。似乎只要不触犯法律,随便怎么运用法律都是合法的,所谓"只要不触犯法律就无可指责",哪怕是恶意地曲解法律。如果大家都以"法不禁止即自由"为行为准则,以"钻法律的空子"为能事,国家的社会秩序一定难以和谐。因为,您"钻了空子"就一定会损害其他人的利益。因此,"善意对待法律"就成为法治与道德建设中极为重要的问题,离开了"善意地对待法律"这一基本的法律心态,法治终将是"竹篮打水一场空"。

"善意地对待法律"具体体现在立法、执法等环节,法治的各个环节都要体现"善意"。

善意立法

立法中"善意"首先要求立法者的立法行为必须尊重客观规律,不能想当然。良法的首要标准就是"尊重法律自身的发展规律"。马克思认为法律"是人的行为本身必备的规律,是人的生活的自觉反映"。"立法者应该把自己看作一个自然科学家。他不是制造法律,不是在发明法律,而仅仅是在表述法律。"其次立法要尊重社会的风俗与习俗。正因为法律来自社会,它必然体现社会的风俗与习俗。因此,对国外法学理论的借鉴、对法律制度的"移植"要合乎中国的现实状况。前段时间关于燃放烟花爆竹从"禁放"到"限放"充分说明了这一点。最后立法的善意要求法律应具有一定的人性基础或者伦理性基础,如我国将用立法限制上网玩游戏时间就体现了这一点。

善意执法

执法是一个过程，在这一过程中，执法者通过自己的执法行为，将法律运用于社会生活中，并最终在全社会形成良好的法律秩序。执法的目的是实现法的精神与思想，而不是让执法者拿着法律要威风，或者用法律这一手段来为本单位搞"创收"，甚至为自己"谋财富"。现实生活中有少数警察为了罚款躲在树根底下测超速行驶或者躲在一个不起眼的地方等着人来违章，这就叫"恶意执法"。在这些例子中，处罚成了警察执法的唯一目的，"善意执法"所要求的 "教育为主""预防为主"成为次要甚至不必要的了。此外，野蛮执法即一些执法人员在执法中态度生硬，不敬礼、不报名、不示证，甚至训斥、恐吓执法相对人等行为都属于缺乏善意的执法行为。

善意司法

善意司法就是要求法院的审判人员，本着善意运用法律。具体要求为：

1. 在存有争议的调解案件上，应在分清是非的基础上调解。审判人员不应为了自己结案，而不分青红皂白"各打五十大板"或者采用"和稀泥"的方式损害法律应有的是非观。

2. 司法要讲理。在判决书的制作方面，不能只有结果，没有判决所依据的事实、理由，要求审判人员要有清楚的判决论证过程，做到"司法要讲理"，使当事人"赢得合理、输得明白"。

3. 善意解释约定与法律。在对当事人之间的合同、协议的解释，以及法律的解释中应存有"善意"。对此，国际法上有了现成的相应法律规则，最典型的就是《维也纳条约法公约》第三十一条的规定："条约应依其用语按其上下文并参照条约之目的及宗旨所具有之通常意义，善意解释之"。

4. 善意地运用司法自由裁量权。对允许审判人员有一定幅度裁量的案件，要根据案件事实、情节等诸因素合理做出判决，使得判决书不仅合法，而且合理。合理性判决，也是判断审判人员业务素质最重要的方面。

善意用法

对广大百姓而言，需要善意履行法律赋予的种种权利，而不是运用法律这一手段来对其他人制造陷阱，再通过诉讼为自己"创造财富"。比较典型的例子就是签订合同后，故意制造对方违约，再以原告的身份诉之于法院，追究对方违约责任。司法人员应当对这一类诉讼采取办法防止，而不是听之任之，甚至"助纣为虐"，还美其名曰："我们法院只负责形式正义，不管实质正义。"另外，生活中还存在恶意诉讼，所谓恶意诉讼是指诉讼当事人滥用诉权，故意以他人受到损害为目的，无事实根据和正当理由而提起诉讼，损害他人合法权益的行为。对恶意诉讼我国法律还没有明确和直接的法律规定，但少数人滥用诉权进行恶意诉讼的情况逐渐增多，助长了"诉讼爆炸"的现实，这明显是与"善意用法"背道而驰，是到了该用法律整治的时候了。

事实上，国内民法上有善意取得制度，说明"善意"一词已经在法律上有了体现。在国际法上有善意履行国际法义务原则，《联合国宪章》第二条第二款就规定了这一原则，值得我们借鉴。该条规定："各会员国应一秉善意，履行其依本宪章所担负之义务，以保证全体会员国由加入本组织而发生之权益"。善意对待法律，不仅是公民基本的道德义务之一，是一国道德的重要内容，又是一国法治的重要精神，需要相应的法律手段予以保证。所谓"徒法不足以自行"，法治实践表明离开了道德的支撑，法治终将成为"任人揉捏的橡皮"而缺乏应有的权威性。

权利认识上的几个误区

在"认真地对待权利""为权利而斗争"的号召下，我们感受到了现实生活中权利的巨大"浪潮"。改革开放以来，我国法治建设的成就之一就是"权利"或者说"人权"已经成为时代的热点话题，所以我们常常说我们已经进入了"权利的时代"。但在"权利的扩张"的过程中，我们对权利本身存在不少误解，这一误解如同我们对自由的不当理解一样，如不及时矫正，将后患无穷，这些误解集中表现以下几个方面。

误把"法定权利"当成"现实权利"

根据权利存在的方式和状态来划分，权利有应有权利、法定权利和实有权利三种。应有权利是人基于人的理性与道义，认为人作为人而应当享有的权利，这是人类的一种权利理想。显然，应有权利是指没有被现实法律完全确认，而理性上认为应该在目前或将来被法律确认的权利。所谓法定权利简言之，就是由现实法律确认并依法保护的权利。法定权利在多大程度上体现了应有权利，取决于社会经济、文化等各方面的发展与立法者的立法活动。现实权利就是法定权利在现实生活中的实现。法定权利只有在实现时，才能被确认为一种真实的现实权利。因此，法定权利与现实权利之间存在很大一段距离，两者的差别表现在：1. 时间上有先后。法定权利在前，现实权利在后。2. 内容上的多与少。一般而言，法定权利大于现实权利。3. 两者性质不同。法定权利对具体的个体而言，体现了权利实现的可能性，现实权利是能够实现的权利，体现了权利实现的真实性。因此，不能认为法律上规定的权利，就是实实在在，具体的已经实现了的权利，权利的法律规定与权利在现实生活中的实现是两回事。

权利并不万能，权利的实现不能自动进行

正因为法定权利与现实权利之间存在很大一段距离，因此，在现实生活中，并不是说我们高呼一声"我有人权"，事情就可以顷刻解决。就是说权利并不是万能的，法律上能保证做到的也只是形式上的公平。典型如别人欠你三万元钱，但是如果对方不承认，你又拿不出证据，法律照样不能支持你。就是说权利同样存在局限性，权利的实现依赖于诸多因素。法定权利要转变为现实权利需要一定的条件。首先，法定权利转变为现实权利需要当事人付出精力、智慧、财力包括运气。如拖欠农民工工资的问题近年来因实行了有效的方式、方法，包括行政的方法，使得解决这一问题方便很多。其次，法定权利转变为现实权利往往需要律师、专家们的帮助，当然也包括证人的支持。因为当事人往往不是法律专家，在法律这一专门问题上显然需要律师的帮助，因此，有没有律师的参与和委托什么样的律师参与，对权利的最终实现具有重要意义。

在对待权利的态度与运用权利的方法问题上，存在争取与适当放弃两个层次的内容

就好像不是所有的利益我都要去争取一样，并不是所有的法律上的权利我都要去争取。权利之与公民的关系在于：

1. 法律上的许多权利我们也许终身只能远远地"欣赏"，典型如我国宪法第七十九条规定："有选举权和被选举权的年满四十五周岁的中华人民共和国公民可以被选为中华人民共和国主席、副主席"，但是能够行使这一权利的也只有极个别，其他类似的例子还有很多。

2. 许多侵犯我们合法权益的行为因为损害太小而救济成本太大，我们中的大多数人会考虑到"成本收益"而毫不犹豫地放弃。所谓的一元钱官司等，我们不否认其积极意义，但对当事人而言，能够最终起诉的毕竟是"沧海一粟"。

3. 在特定情况下，如家庭之中、好友之间、同事双方等就不一定要为了权利而拼个"你死我活"，这时候同样存在"退一步海阔天空"问题。现实法律生活中存在着"赢了官司输了钱""赢了官司输了亲情"以及"赢了官司输了前程"等现象。一句话，在权利问题上存在着重要的人生哲学，那就是面对生活知道如何妥协。面对权利，我们不仅应当知道怎样去争取，还应当知道怎样妥协，包括放弃，这就是所谓"大丈夫能屈能伸"。事实上，权利与权利之间不存在绝对的界限，一方面，一方放弃了权利等于另一方得到了权利，另一方面，当事人在放弃权利时可能会得到其他权利或者利益，如放弃继承权的人也就不承担被继承人个人的债务。一个成熟的公民应当学会"以权利交换权利"与"以权利交换利益"。因此，权利的放弃也是权利运用中的重要方法之一。

4. 权利的运用还有一个程度问题。典型如一审、二审败诉之后，是否一定要"打到中央""打到联合国"，这是权利运用中的"进"与"退"的问题。事实上，我国古人的"无讼"理想中存在合理的因素，这些合理因素能够为我们所用。

因此，我们需要"认真地对待权利"，需要"为权利而斗争"，并且正如德国19世纪著名法学家鲁道夫·冯·耶林所说："为权利而斗争是权利人对自己的义务。"但在复杂的现代社会，我们同时强调"科学地对待权利"与"艺术地运用权利"，我们认为"认真地对待权利"以及"为权利而斗争"只是权利科学中的一个方面，"科学地对待权利"与"艺术地运用权利"才能使我们提高运用法律的能力，排除对权利的误解，提高权利运用的能力，面对权利能够果断地选择"进"或"退"，以及如何"进"或"退"，使得我们的生活质量因为法律的存在而真正地提高，而不是相反。

评析"不要把自己混同于社会上的一般人"

在我们的日常生活中，经常会听到这样的语言，特别是在机关工作的人，经常会听到领导在政治学习或者各种会议上，时时刻刻都在强调"不要把自己混同于社会上的一般人"，每当遇到某某思想上或生活上不思进取，甚至出现违纪违规，领导为教育该职工，要求其他职工引以为戒，加强自身修养时，经常使用"某某竟然把自己混同于社会上的一般人"。事实上，这几乎是一条已经被社会大众接受的"真理"，甚至许多读者看了这个题目也会觉得不以为然。但是，这一"真理"却反映了人们对"社会大众"的伤害，反映了社会大众对处于社会状态下的"自我"的自残行为与自卑心理，体现了人们对"个人尊严"的漠视，以及对所谓"不一般的人"的盲从。

显然，对什么是"一般人"，每个人会有各自不同的看法，但总体而言，"一般人"是相对于"不一般的人"而言的，因为有"一般人"则同时意味着有"不一般的人"存在。那么，这"不一般的人"是一群什么样的人呢？"不一般的人"往往是指一个社会最突出的"两极"，即指"道德高尚者或业绩突出者"与"道德败坏的违法犯罪分子"。在人们心目中，"一般人"就是"不一般的人"之外的那些人，即"道德高尚者或业绩突出者"与"道德败坏的违法犯罪分子"之外的人，是处于社会中游状态的人，事实上，这部分人是我们社会的中坚分子，"一般人"就是指广大的社会大众。

当我们看到"不一般的人"与"一般人"的"巨大"区别的时候，也不能忽视"一般人"与"不一般的人"有共同性，表现为他们都是人，都存在生老病死、喜怒哀乐，都会有饿了吃饭、渴了喝水等正常生理需求，这说明"不一般的人"不是不食人间烟火的神仙。社会上最广大存在的人系一般大众，而非"不一般的人"，因为"不一般的人"毕竟是少数，而环绕"非一般的人"的往往都是"一般人"，比如其父母、子孙、兄弟姐妹等，我们的许许多多东西，包括优良的品德都来自普普通通的"一般人"，如我们一开始就接受的是父母的教育，父母教育我们要好好做人，我们不能因为自己今天的一点点细小的成就，就把作为普通人的父母辈都给"诅咒"了。其次，"一般人"与"不一般的人"两者是可以相互转化的，曾经"不一般的人"也可能转变为"一般人"，在个人的人品修养方面同样如此，一个人一旦放弃了对自己的严格要求，就会堕落，道德高尚者与业绩突出者都不能排除其有违法违纪行为的可能，如今的贪污腐败分子有不少以前是道德高尚、业绩突出者，却在商品经济大潮中纷纷落马，到了连"一般人"都不如的境地。同样许许多多的"一般人"经过努力，也能由"一般人"转变为具有非凡业绩的"不一般的人"。因此，一般人与不一般的人之间不存在不可逾越的界线。事实上，与"不一般的人"相比，一般人可能更具有同情心，更具有优秀的道德品质，他们是社会良好道德品质的"蓄水池"；同时，他们也是社会财富的直接创造者，离开了他们，"不一般"的英雄们甚至连一天也不能生存；此外，"一般人"是社会生活的源泉，他们从事着社会上必不可少的工作，对社会的进步做出了必不可少的贡献，所谓"人民群众是真正的英雄"。因此，我们有必要呼吁：不要轻易玷污了"一般人"。

我们不否认"人皆可以为尧舜"的豪迈意识，但如果人人真的成为英雄的话，则人们一定每天都生活在战争中，社会需要鲜花，但不能没有绿叶，社会需要英雄，但更需要"一般人"，他们是社会的基础与中坚。

对"不一般的人"而言，经常想想自己也是一般人，对自己的发展与完善有好处。首先有利于克服骄傲自满的情绪，想清不管自己取得多大的成就，自己仍然是人的一分子，使自己清醒地意识到自己的位置；其次能及早认识到人自身的规律，及早认识到健康的重要性，并早日做好强身健体工作；最后，能正确树立群众观念，真正认识到人民群众是创造历史的主人。

值得注意的是，在人权建设突飞猛进的今天，我们强调对于所有人的平等保护，即法律不仅要保护大多数人，还要注意对少数人的保护。最具有典型意义的是，我们不仅要保护犯罪嫌疑人的合法权益，甚至还需要保护罪犯的合法权益，在现代法治国家中，即使是罪犯也有其合法权益。

只有我们从内心深处真正地摆正了对"一般人"的看法，我们才能真正地践行为人民服务的思想与情怀，从而真正地认识到人民群众在社会中的地位与作用。

法律界需要什么样的"知识英雄"？

这既是一个专家辈出的时代，也是一个混混辈出的时代，我们拥有了大量的专家、教授，他们不少人会成天在天上"飞来飞去"，去参加各种会议与活动。常令人感到肉麻的开场白就是"我刚刚下的飞机"。因为就是这位如此匆忙"刚刚下的飞机"的发言人，带来的可能是一些可有可无或者说东拼西凑的东西，这一问题在法律界特别严重。在这样的形势下，我们不能不思考这样一个问题，这个时代我们究竟需要什么样的"知识英雄"？答案是能打通各学科间的"封闭割据"状态，在学科间建立学术通道的高手。

打通各学科，并在各学科间建立"通道"

打通各学科，就是要求将各个部门法包括宪法打通，建立一个横贯各个部门法包括宪法的学术理论。

这个时代已经使各种知识呈现出了明显的碎片化，现代社会不仅已对传统道德产生了巨大的冲击，同时也已将传统的知识分解得到支离破碎，这一现象的最佳的表达就是 1+1不一定等于2。就中国的时代背景而言，20世纪的最后20多年，中国社会实现了三大历史性转变：一是从以阶级斗争为纲到以经济建设为中心，二是从封闭半封闭到改革开放，三是从计划经济到社会主义市场经济。不仅如此，还伴随着世界经济全球化与中国加入WTO等等，中国社会已经发生了巨大的变迁，相应地传统的知识急需进行更新。现有知识必须接受现代的挑战，以适应时代的变化。

我们知道，知识的碎片化问题是个全球性的问题，面对这一问题的一般方法就是进行知识的更新，但这只是小的处理技巧而已，最根本的方法就是进行知识的重新整合。我们提出的将各个部门法包括宪法打通，建立一个横贯各个部门法包括宪法的学术理论与科学，正是"整合"的体现。

建立一个连接四种话语体系的话语

目前中国社会的话语体系中同时并存的四种话语体系包括：官方的话语体系，学者、专家的话语体系，民间的话语体系，传统的话语体系。比如说"人权"这一概念，各个体系有各个体系的说法。因此，如何创造一种彼此都能接受的话语形式，就是一个艰巨而又极为重要的任务。这里当然有一些方法可寻，比如用散文或者随笔的笔调写一些中国的法律问题。如关于平等的畅想，权利是什么，以及类似本文的文章。可惜的是现有的官方话语体系与学者、专家的话语体系从来就轻视这类文章，表现为：

1. 从来不把这类文章作为"成果"。

2. 这类文章是难以登载于所谓的"核心刊物"上的。

3. 从来不对这类文章进行正规的学术转载与评奖等，因为这些文章的字数低于5000字。

事实上，这种文章最大程度地体现了"深入浅出""微言大义"的风格，也最能连接四种话语体系，并让大家特别是能让老百姓看懂。同时也最短小精悍，不是洋洋洒洒的"东拼西凑"，更不是可有可无的"大废话"。

当然使用此种文体只是方法之一，但是仔细思考一下，我们就能发现为什么我们现在的学术成果惊人，但这些成果与社会难以产生共鸣。为什么法学类的书籍总是登不上各种排行榜？答案应该是明显的。

真正能将法律理论与实践结合起来的"知识英雄"

改革开放以来，中国社会出现了三代法学家。第一代是以张友渔为代表的法学家，他们于"文革"后登上法律舞台，大力倡导法律、法治，此时仍属于普及宣传法治的时代；第二代是以沈宗灵为代表的法学家，他们除了延续第一代法律学人的使命外，以大量介绍国外法律为特征；第三代出现于20世纪末，仍生长于我们现在这个时候，其总体作用主要在于挖掘法治的内涵，并努力探索中国特色的法律。第三代法学者明显不同于前两代之处表现为：

1. 成分复杂。最典型的是不少人本科、研究生，甚至博士所学专业都不是法律，其专业主要集中为政治教育、哲学、英语等。尽管这些不妨碍学者学术上的进步，但终究他们非法律出身，法律方面的功底不足，成为今天"底气不足的法学者"。

2. 评价标准单一。他们成长在需要大量论文、著作以获得职称的时代，他们以发表文章为首要目标。因此只要发表了文章，即使不懂得中国法律的实际情况也无妨，因为学术评价上根本就不需要这些，以这样的标准来评价也最省事、最简单。

3. 头衔轻易加身。他们中不少是破格晋升，随着博士、博导之类的称呼如此轻易地上身，"心浮气躁"现象更加严重。表现为对实践更加不关心，以求各个方面快速发展，一句话总结就是不管白猫黑猫，只要能发表文章就行。

从他们的成长轨迹中我们可以发现，我们的评价体系对学者们的学术与现实的联系竟然如此之忽视，这就难免使得不少学术研究成为"文字游戏"。这就难免使得不少学者乐衷于介绍西方的法律制度，而懒于寻找中国问题，因为后者费时费力。

此外，这个"知识英雄"当然还需要有社会责任感，要有高尚的道德，以及各种实际的能力，就是引领时代学术思想的能力。

每个时代，包括这个知识经济的时代都需要登高一呼，应者云集的英雄，这样的时代才有活力，也才能有相对的公平。我们期待着有这样一位高手，进行学术间的整合，完成四种话语体系的整合以及法律理论与实践的整合。这不仅是时代的呼唤，但是学术本身的要求。

诗歌篇

心

有的心真小
仅能塞得下小小的自我
有的心真大
装得下整个宇宙

有的心是冬天的火炉
每个人都可以来取暖
有的心是遥远的星座
没有一条通向它的路

有的心是高贵的殿堂
没有昂贵的门票休想进入
有的心是座露天的花园
带着真诚的微笑便可入内

最大的是心
最小的是心
最像磁铁的是心
最像冰块的是心……

四 季

夏天，我一杯滚烫滚烫的茶

一个调皮的小男孩

使劲吹啊吹啊，吹

一下子吹出了

凉爽的秋

可他还是吹啊吹啊，不停地吹

一下子吹出了冰冷的冬

于是，他怕了

赶紧用手捂啊捂啊，拼命地捂

终于捂出了

温暖的春

美丽的口袋

我有一个美丽的口袋
没有底
也无法丈量
从出生的那一天起
我就一直把它背在身上

我有一只美丽的口袋
没有底
也无法丈量
用一个个天真的鱼钩"？"
我向生活垂钓鲜嫩的鱼儿
装进我那永远也装不满的口袋

我有一只美丽的口袋
没有底
也无法丈量
任何花儿，都不及它漂亮
任何黄金，都不及它值钱
听说它亲近我们的时间不短暂
你看见过它吗？
它的名字就叫作
——好奇

眼　睛

"妈妈、妈妈，

"天空也有眼睛吗？"

"天空？没有！"

"有！有！有！

"喏，太阳就是他的眼睛呀！"

"哦，是吗？"

"白天，他就睁开眼睛玩，

"晚上，他就闭上眼睛睡了。"

初春（组诗）

一

春鸟的第一声啼鸣

唤醒了漫长的冬之梦

衔来了温柔的春之恋

囚禁了一冬的绿芽

掀开了白色的被褥

去承接春风的亲吻

让我们也掀去昨天的沉重

去追寻花之香

鸟之语……

二

在春风的感化下

残冰流出了喜悦的泪水

走向大地

去呼唤沉睡的生命

三

漫天飞舞的玉色蝴蝶

洒下了一首飘逸的小诗

捧在手里

依稀看见红的花、绿的叶

放在耳边

隐约听见春之声、夏之语

致上海

大浪淘沙上海滩

潮起潮落申城雨

曾经，你是冒险家的乐园

曾经，你承载了一个世纪的繁华

你作为中国的骄傲

屹立在长江与东海的交汇之地

今天的你，面对着疫情冲击与考问

疫情对上海，是一次守护与保卫

疫情对都市，是一次洗礼与重塑

温情的苏州河

诉说着昨日的烟雨与辉煌

静静的浦江

流淌着抗疫时代的时尚与风流

疫情下的上海

期待你安静地修整

疫情下的上海

期待你重新归来

生命如花

如果生命是花

那么它是一朵怎样的花？

生命是一朵向阳的花

积极乐观

奋发向上

无所畏惧

珍惜如花般美丽的生命

努力让生命如花般绽放

如果生命是花

那么它是一朵怎样的花？

生命是一朵迎风怒放的花

心态年轻

情感温暖

精神向上

赞美生命不尽之芳华

永远为生命而讴歌

如果生命是花

那么它是一朵怎样的花？

生命是一朵常开不败的花

生命不息

青春不止

激情不已

让生命在有限的时光升华

让生命向着年轻奔跑

短歌行

1. 自我为重

在自己的轨道上不慌不忙地前行，不受他人左右
以自己的角度不偏不倚地看世界，不受他人干扰
以自己的眼睛观察、评判人世间，不受他人影响

2. 致童年

童年是美丽的，这是我们的"人之初"
童年是洁净的，这是我们的"人之始"
童年是灵性的，这是我们的"人之善"

3. 处事篇

不轻易得罪任何人方能行走天地走天下
放得下功名利禄才可静享生命之花绽放

4. 事业篇

超越人间之法追寻宇宙的永恒法则
弘扬宇宙的永恒法则融入人间之法

5. 友谊篇

寒梅，总在最冷时绽放
真情，只为悦己者飘香

6. 品人

品茶品酒不如品人
人的品性、灵魂
既有颜色
又有味道

人的平等与差别
同时存在
差别无处不在，是绝对的
平等只是法律上、待人接物中
对差别的调节

让——

让我成一只蝴蝶
走进你的视线
用你浅浅的微笑
回报我翩翩的舞姿

让我成一只鸽子
飞到你的肩上
用你纤纤的手指
为我梳理疲惫的羽毛

让我成一只蜻蜓
落在你的心上
用你荷花般娇嫩的心
倾听我为你哼唱的曲子

让我成一叶轻舟
划向你的梦里
用你波浪般柔和的手臂
拍打我孤独的船舷

并让我成为一位使者
走到你的身边

用你柔蜜的曲子

抚慰我漂泊的心

…………

乡情如线

背上行囊

我离开了故乡

稍不留神

也把故乡装在包裹里

带来了

蓝天里的白云

恰似你的身影

始终与我相伴

以至于总也走不出你的视线

那颗星星

恰似你的微笑

闪闪烁烁

也总是那样神秘

如水的月光

恰似你的叮咛

叮咚叮咚

总是响个不停

虽已离开故乡

多少个春秋

但是依然没有走出故乡的

风景与记忆

乡情如线

记忆如钩……

楼梯口，他的腿颤抖着、颤抖着

这双腿
这双山上山下翻飞了几十年的腿
却无力登上属于自己的台阶
—— 是昨日的记忆太沉
还是刚到手的喜悦太浓

住了半辈子的茅草棚
—— 半辈子不曾挡住的严寒
半辈子不曾封住的饥饿
半辈子不曾忍住的呻吟
在一日内翻新

那双浑浊的眼睛
不再浸泡着忧愁
那双粗糙的大手
不再痛苦地四处哀求
被希望熬得发紫的脸膛
在泛起微微的红光

卸下了债务垒起的重担
卸下了多年难忍的寂寞
被生活压弯的腰
也许不会重新挺直

而庄稼人挺起的自豪
还得由生活重新校正

轻轻地抚摸着雪白的墙壁
仔细地用衣袖拂去栏杆上的纤尘
此刻的神情
恰似年轻的父亲
拥抱着初生的婴儿
哦，终于担走了
——— 爷爷不曾背走的贫穷
父亲不曾挑走的叹息

面对早该属于他的楼梯
他怎敢轻易攀登
——— 他怕他的鞋弄脏了楼梯
他怕他的足音扰乱了楼上的宁静
…………

楼梯口，他的腿颤抖着、颤抖着
这双腿
这双山上山下翻飞了几十年的腿
要勇敢地登上属于自己的台阶
为了今天的喜悦
为了明天的希望
…………

天地之间

我本一粒尘埃

不经意间撒落大地

因日月星辰的恩泽

因人间烟火的熏染

而变幻成一颗朦朦胧胧

等待苏醒的种子

我在人间劳作

在都市修行

在工作中、在寂静里

我，拼接自己

组装自己

找回自己

直到融入天地

天荒地老

吾心不老

山高水长

一生笑傲

人生气势当如斯

站立天地间，我

敬天地、爱自己

天予：天的给予

老天给的最大
有一种获得叫天赋
有一种帮助叫天佑
还有一种良机源于天赐

所以，好的睡眠
是一夜睡到天亮
而最好的睡眠还包括
中间做了个美梦
梦里还有另外的收获与惊喜

为什么说人不要太自我
因为除了自我之外
还有本我与超我在
本我源自先天的本能
超我则始终连接着天道

每一天

我的每一天
都是新的一天
每一天
不是我混在人间凑数的日子
而是我在红尘"修炼"
成长的日子

每一天
都是新鲜的日子
充满期许的日子
都是积极进取
保持乐观心态的日子
因此，也是一个播种
且带有收成之念想的日子

在某一天的一天中
也会有迷茫、焦虑与磨蹭的时光
那是人生路上的休憩与修整
在人生的整体态势上
相信我的每一天
都是人生链条上的
有效的一环

串起每一个普普通通的日子
拼接这些不平凡的日日夜夜
会是一段金光闪闪的人生历程

痕　迹

小鸟从天空飞过
留下一道飞翔的痕迹
虽然终究会被天空覆盖
总有一缕航线
被我们的记忆收藏

从春到夏，自秋向冬
虽然日子穿过了四季
终将被时间淹没
总有一些片段
在回忆的上空呢喃

我们从童年走来
留下了或美或痛的阅历
虽然随后被历史层层更迭
依然有生命的印记
走进了历史的蛛丝马迹之中

告　别

生活也是一场又一场的告别
告别昨天，告别四季
告别人生的花季与雨季
告别昨日的自己与是非恩怨
告别昨日的自己与一切遗憾
为了新我的诞生

告别青春年少时的狂傲
告别昨日的友情与梦想
告别一个又一个
人生的迷茫与十字路口
换取人生的经验与能把握的未来
换回自己的人生感悟与生命跨越

告别季节的春、夏、秋、冬
告别人生的少年、青年、中年与老年
告别是为了再次出发
告别是为了美丽的重逢
告别是为了更好的自己
告别是为了更美的明天

过去是一首怎样的歌?

有道是让过去过去
所谓往事不堪回首
还是不忘过去
牢记历史
事实上，过去
并不会简单地过去
过去忽隐忽现地
留存在今天
作用于今天

有一种美好叫作
回到过去、回望从前
回到过去，我们发现来时的路
回望从前，找到那条通往自己的路
过去是一堆杂乱无章的材料
经过孵化后
成为未来的土壤与营养
所以，需要有一种特殊的能力
那就是消化过去、跳出过去与转化过去
把过去熬制成一首诗与歌

今天是过去的结果与延续
今天是明天的昨天与过去

沉淀岁月、沉淀过往

过去就如一面清晰的镜子

让你看清楚今天与未来

过去是财富

过去是矿藏

面对过去，我们懂得了今天

在过去到今天之间

我们明白了今天的不易与生命的分量

珍惜过去

珍惜自己的经历与阅历

开发过去

通过一次又一次的总结

一次又一次的思考等方式

因为过去，是一条发现自己的路

也是照亮自己未来的路

不忘记过去

又不沉湎于过去

牢记过去

尊重过去

又不纠结于过去

让过去成为未来的基地

让过去照耀未来

让过去赋能未来

走在路上

天是你的
地是你的
在你的天与地之间
你就应走得坚定、走得实在

空气是你的
阳光是你的
在你的空气与阳光之中
你就应走得自信、走得从容

前方是你的
路也是你的
在你的前方与路之上
你就应走得洒脱、走得潇洒

时光是你的
未来是你的
在你的时光与未来之间
你就应走得豪迈、走得奔放
…………

远　方

以星光为被
以湖水为床
我的远方摇曳在很远的地方
与我相连
有一条窄窄长长的梦

因为被欺骗
因为被摔打
我关上了门
抛弃了远方
从此以后所有的日子都
思念着远方
呼喊着远方

远方，一点有脉动的朦胧
如灯塔，似召唤
朦胧的目标，只有眼睛清楚
真实的距离，只有脚步知道
眼睛，把遥远的拉近
告诉你："前方，不远了"
脚步，将眼前的推远
仿佛在说："前方，还远着哪"
…………

人间烟火

年轻人如果能学会与年长者交友

则更加智慧、沉稳

更加懂得人情世故

年长者如善于与年轻人相处

会更加年轻、时尚

更加懂得电子产品，熟悉网络时代

养生不如养心

养心不如养神

守正心、持正念、做正事、走正道

是谓养心

知民情、察万物、融天地

是谓养神

久违了，炊烟

何时"又见炊烟"

四方之事，至美的

不过是一味人间烟火

等 待

——在灿烂的星群里答一位友人

我们还是一颗暗淡的星
在花团锦簇的季节里
我们依然属于柔弱的叶

在喧哗的人群里
我们是一颗沉默的音符
在华丽的领奖台上
我们是一个长期的旁观者

尽管我们的努力没有回应
尽管我们的坚守尚无反响
希望的到来，仿佛遥远的梦
甚至还会有冷嘲热讽
把我们囚禁在寒冷的冬天

可是，朋友
我们只是冬眠的根
一旦春天到来
看哪！我们会爆一片绿
托起明媚的春光

或者，我们是深藏在地层的煤
一旦被带到人间
我们会捧一腔热情
炙化冬的镣铐

等待吧，朋友
在地层深处
默默地凝聚，默默地孕育
选择成长，并让自己的成长
顽强地通过冬的验收

赶快破冰捞起
你那支被冬日冻结的歌
只要把残冰碾碎
希望就会降临

相信吧，时间
会给我们以恰如其分的评价
闪耀的领奖台上
会刻上我们的身影……

超越苦难

昨天，我的心对他说

您是冰凌

冻结了我的欢笑，我的欣喜

你是阴影，抹去了

我的脚印，我的快乐，我的友人

你如同一条鞭影

不断地在身后摇着、晃着

…………

我要远离你，越远越好

今天，我的心对他说

您是推动船帆的劲风

尽管桅杆扎扎作响，牢骚满腹

你是途中的加油站

尽管车轮滚滚，昼夜无息

但都有了今天的到达

与一段航程的终结

哦，您是人生的催化剂呀

你把时间缩短

把距离缩短

我不再那样地排斥你了

当我回头

回过头来给你一个感激时

你已经走出了我心的地平线

两个"我"

不经意间，我们至少都有
两个"我"
一个实的、一个虚的

白天的"我"
是戴着面具的我
不一定展示真实

晚上的"我"
更接近真实的我
但往往不是社会待见的我

实的、虚的
常常在互动中
相互作用，相互补充

爱的美丽

有人牵挂
有人思念
有人深深地爱着
这是一件多美的事

人间的爱
所有的爱
需要360度、"无死角"地去表达
去感激

你若爱我
可以深情些
再深情些，而且因为有爱
我想要成为一个更好的自己……

向阳而生

鸟儿在树上叫着
没有人听懂鸟的语言
但都觉得清脆悦耳
原来，在我们的认知之外
依然有大美

世间万物，向阳而生
世界潮起潮落、生生不息
山水有情，万物有爱
花儿会按时重开
鸟儿去了会再归来

做一个向阳而生的人
根部向下再向下
长出自己
花开向上再向上
展现自己

明天会更好？

都说明天会更好
是希望还是事实
那么明天为什么会更好
明天一定会更好吗

有道是"告诉这个世界我来过"
那么，是否需要告诉这个世界我来过
为什么要告诉这个世界我来过
如何告诉这个世界我来过

有一种美丽叫"烈火中永生"
或者说"浴火重生"，那么
为何永生需要借助于烈火
在有限的生命里什么是可以永生的

夜　思

奔波了一天的太阳

跳进海里沐浴了

恬静的月亮

为他挑灯站岗

缀满砖石的天幕为他做帘

夜风，在树叶上安详地跳着、唱着

太阳在默默地回味着这一天

擦去这一天的灰尘

与这一天的劳累

于是，休憩之后

在海的另一端

又将会举起一颗通红、透明的心

我从田野归来

洗去满身的灰尘

可曾洗去所有的不快

以及灵魂深处的劳累

明天之我

是沐浴后的我，还是惯性之我

晚风撩起我的衣角

萤火虫在提示着一个遥远的梦

辛苦的纺织娘

唱着数百年来唱不厌的歌

月光在倾诉着……

幸福与痛苦

幸福与痛苦如影相随
痛苦与幸福难解难分
幸福是痛苦之藤上长出来的瓜
痛苦是幸福之树下不留神结出来的果

幸福是痛苦的分娩
痛苦是幸福的孪生兄弟
幸福常常拄着痛苦的拐杖
痛苦往往搭着幸福的肩膀

没有永远的幸福正像没有永远的白天
没有恒常的痛苦恰似没有恒常的黑夜
幸福之酒常常由痛苦酿成
痛苦之泉常常发源于幸福

在痛苦中泡得久了，就不觉得痛苦
在幸福中浸得长了，也不觉得幸福
痛苦的数值愈大
幸福的曲线往往升得愈高

痛苦与幸福的交错

构成了人生的主线

而且，每当两者擦肩而过时

总会掀起雷声阵阵，而后降下片无声的雨……

球场法则

友谊第一

比赛第二

其适用要看场合、看对手

如内部的比赛

争取对手的比赛

在特定情况下

特别是大型国际比赛中

球场即战场

球衣即战袍

胜利即正义

相拥自己

漫漫人生路

我们与谁同行

除了集体、朋友等等之外

更要靠自己

自己与他人同样重要

自己是另一个他人

他人是另一个自己

爱别人也要不忘爱自己

爱自己也要努力爱别人

平等待人

不能因过于自爱而排斥他人

不能因自傲、自狂、自大

而忽略他人

当然，也不必过于自卑

不能因过于尊重他人而忽略自己

安安静静做事

要在自己的频道上一心一意做好自己

不必东张西望

偶尔捧捧场

那也是不得已的场，或者朋友的场

那些曾经为您站台的朋友

平平常常生活

独处时

经常感知自己的心跳与脉动

与自己，甚至自己的灵魂对话

每天，记得对自己的身体

包括自己的四肢

大脑、心脏和各个器官

说一声：谢谢

你们陪伴我一生

辛苦了

茫茫人生路，我们

与自己相拥而行

看见自己

相遇岁月
我们想看清他人
看清世界
其中，最想看清的
是自己

行走天地
我们想知道知道
形形色色的人
想知道一花一草的世界
知晓世界的一切
与我自己

人生是一场寻找
寻找我的知心爱人
与我惊天动地的友情
寻找人生的通天大道
以及难以寻找的自己

在今日的茫茫人海里
我们过于行色匆匆
往往是在难得的休息时光

在偶尔的片刻中
突然才想起了自己

网络
让我们相识了更多的人
而在分享喜悦的瞬间
常常体味到的是
手持花一朵
不知送与谁

我们总认为
现代人比古代人幸福
事实上，现代人更加脆弱
原来在对快乐的追求之间
我们把快乐本身弄丢了

定　力

任何时候
都不能因过于尊重他人
而使自己"走形"

自己一"走形"
就会做出很多
违背自己风格与想法的言行
影响自己的判断力与能力的发挥
进而引起自己对自己的反感

任何时候
在尊重别人的同时
也别忘记尊重自己

活　着

活着
就是一种财富

活着
并且健康地活着
这就是一种自豪

健康地
并且愉快地活着
这就是一种胜利

愉快地
同时健全地活着
这就是一种成功

健全地
并不断爱着地活着
这就是一种幸福

灯

我的心中
点起了一盏明亮的灯
我用青春的血液供养它
我用晶莹的汗水燃旺它
它报答我一路辉煌
与我一起走向蔚蓝的远方

哦，只要心中拥有了一片明亮
世界不再漆黑
远方不再遥远
什么迷雾呀，歧途啦，岔道啊
就不再是诱惑，不再是欺骗

人间的灯有熄灭之时
心灵的灯可以久久明亮

两件事

应该做的事与喜欢做的事

往往是两件事

先做应该做的事

解决生存问题

后做喜欢做的事

解决身心问题

在该做的事情当中

发现责任与担当

在喜欢做的事情当中

发现生命与自己

完成应该做的事情

以实现自己的人生的使命

常做喜欢做的事情

以成全独一无二的自己

说　话

智者说话是因为他们有话要说

出于理性

为了时代

说出了这个时代要说的话

凡人说话是因为他们想要说话

出于生理与口舌之需

说出了自己要说

而总体上对社会不产生影响力的话

智者说话

慎之又慎

凡人说话

滔滔不绝

智者追求深邃的思想

凡人追求热闹的场景

智者在凡人的生活里发掘着规律

凡人在智者的影子里寻找着话题

人生随想曲

在成年人的世界里
谁是最可爱的人
这并不重要
重要的是
谁是最值得信赖的人

生活的最大难处之一
是受制于人
我们人生奋斗和努力的目的之一
就是为了摆脱
受制于人的处境

人在事上磨
必须储存一定的经历、阅历
而后你才可能更加
睿智、成熟、稳健

稳健、谦和、大气
是一个人很好的品质

自愈之力

风，何以始终通透
不是因为不会被污染
而在于懂得释怀与化解

心，何以能守住清澈
不是因为没有不满与愤怒
而是在于明白宽容与原谅

微笑着面对生活的小的过失
与诸般的不如意，因为生命本身
就有自愈与自我校正的能力

生命的过程

人在展示与表达生命的时候
诞生了一部关于自己的
作品

性格、思想、行为、习惯
以及您的背景
是这个作品的"基座"

别计较生活最终的结局是什么
首先根源于
你最初把自己当成了什么

人生的阶段

少年狂

无梦自飞扬

世界如同手上的风筝

中年傲

豪气顶立天地间

世界也可以听到我的回音

暮年时节

且将当年所有的狂傲当了下酒菜

静听风雨声

…………

上天的礼物

生命是上天给我们的
最好的礼物
回馈上天
我选择让生命如花般绽放

上天赐给我眼睛
我用它来寻找与发现光明
上天交给了我嘴唇
我用它来赞美与歌唱

我用双手来创造美好
我用双脚进行开拓与远行
感谢上天给予我心灵
我用它来装满如意与吉祥

上天给了我男儿的脊梁
我用它来诠释豪放大度、雄风荡荡
我抬起头颅挺起胸脯
自信十足地去展示上天的赠予

所以，爱自己
首先是对上天的敬意

其次才是对生命的尊敬

敬天不忘爱人

爱人不忘爱自己

成长的样式

来到人世间
我们本都是上天的
原创

岁月流逝间
有的人，长成了他人
少有的人，长出了自己

年龄增长时
有的人，长成了木偶
少有的人，长出了生命

数年之后
有的人，停止了生命的成长
少有的人，选择长出了使命
…………

同与不同

同样的丝线
在不同的人手中
绣出了不同的金匾

同样的音符
在不同的人笔下
谱出了不同的乐章

同样的命运
在不同的人身上
展示了不同的前程

同样的世界
在不同的人脚下
走出来不同的人生……

标点符号抒情曲（组诗）

　　大学期间诗歌创作的首部作品。当年"刊登"在班级的黑板报上，反映了我的"初心"。

"……"

似点点繁星
镶嵌在夏夜的天空
勾起我神奇的幻想

似童年的足迹
撒落在金色的沙滩
游入蔚蓝色的天宇

似恋人欲言又止的细语
温柔而含蓄
荡起我心的涟漪

似一个个桥墩
闪烁在蔚蓝的海面
踩着它，我一路欢歌

哦，它似绳索

将信念与现实相连
终有一天，信念的鸽子
会落在理想的枝头

哦，它似一粒粒种子
快把它埋进土壤
它会还你万粒珍珠

"！"和"……"

一个呼喊、一个沉默
沉默中爆发出呼喊
呼喊之后又是一阵沉默
不和谐中的协调
和谐中的不协调
永远是他俩的主题

相互制约、相互督促
相互补充、相互完善
让生活奏响一段
轻松、舒缓的旋律

"？"与"！"

"？"似一枚鱼钩

穿上引线，走向池塘

生活也许会给你欣喜的！

没有"？"的烦恼

岂能领略"！"的欢欣

美，常爆发在这一刹那

人生哟

它是一支

"？"与"！"交织起伏的乐章

"。"与"——"

一个是人生途中的小憩

一个是一往无前的进取

如果你把"。"放在"——"之前

生活将是奔腾不息的小溪

叮咚歌唱，充满生机

如果你把"。"放在"——"之后

生活将更可能是一潭死水

无风无浪，一片死寂四月里

四月里

四月的眉头轻了

四月的脚步缓了

四月的眼中有一丝慵懒

四月的脸颊长一抹绯红

四月里

四月的柳枝开始依依

四月的暖风和着呢喃

四月的小溪舒展玉袖

四月的街头丁零零地流光溢彩

四月啊四月

憋了一冬的热情

早在三月之初

就已经开始酝酿

并在此刻迸发

四月里

四月叫开了所有的门

四月唤醒了所有的窗

四月的阳光是一种呼唤

四月的小径洒满温馨

夏的影子依稀朦胧

四月里

打开橱门寻找英姿

翻出哑铃弥补风采

四月的发型该有一种生机

四月的肤色该有一种活力

四月啊四月

四月的季节似有所失还有所得

四月里

四月的空间涌动着舒缓

四月的旋律弹奏着悠闲

四月的记忆有一次遗忘

四月的所获是一种释放

哦，我的四月

四月里

堵在门外的热情马上要冲出栏杆

呼啦啦地倾泻……

邂　逅

您带来一片柔情
我把她种在三月的夜里
让偶然
生
根

你本是我不知名的小岛
有丝丝的气息
告诉我
方
位

原来，陌生
仅是一块
无形的
玻
璃

而且，平常的邂逅
也可以演绎
更多
更

多

您可否与我一起
丈量
今夜与未来的
距
离

岁末放歌

把一年的日子清点

把所有曾走过的岁月

整理成册

抖落昨日的不快

洗刷一路的风尘

打开门

迎接又一个新鲜的黎明

生命并不是一场限定了结局的旅程

青春、激情，以及生命

岂能被风蚀、剥落，以至于锈迹斑斑

如果心不老

岁月

怎会变老

信念不老

岁月常新

思想如一盏不灭的灯

在天地间传递

收拾好此刻的心情

挥挥手，与昨日话别

我们把所有的不快埋葬了
希望就会降临

朗诵诗：我们是中国律师

我们自豪

我们是中国律师

我们因公正而诞生

我们与法律共存

我们是民主园地里的园丁

我们是法制国度里的卫士

我们不依靠任何强权

我们不期盼任何恩赐

我们以事实为根据

我们以法律为准绳

我们是祖国充满活力的机体

以自己的独特方式

我们昂首阔步……

走进中国社会大舞台

我们的职业是令人怦然心动的职业

我们的职业是令人无法平静的职业

我们的职业需要冷静、理智与胆魄

我们的职业需要投入、付出与奉献

我们的职业需要爱心、耐心与责任心

我们的职业需要一身正气、公正无私

为了共和国的蓝天下不带一丝邪恶

我们选择了这份充满风险与艰辛的职业

为了调查取证，我们常常跋山涉水

为了在成堆的卷宗与材料中寻找突破

我们常常通宵达旦

为了一次成功的出庭

我们经历了多少案牍劳累

在权与法、法与情的交织中

我们度过了多少个不眠之夜

每一场辩论，我们都激扬文字

每一次代理，我们都据理力争

风尘仆仆，我们奔赴一座又一座城市

冬去春来，我们一次又一次远渡重洋

我们抛下了家务与孩子

我们忘却了自己的一切

风里来，雨里去

我们追求着无数前辈与当代英雄共同追求的目标

——确保共和国法律的天平永不倾斜

为了让法律平等地给每个公民带来光明

我们已撑开了法律援助的大伞

我们投身于金融、保险、股票、证券与房地产

我们倾心于专利、商标、高科技开发、产权交易

和税务代理

我们与中国企业家一起，共商走向世界的大业

我们应外国企业家之约，共寻与国内合作的途径

我们为中国与世界、世界与中国的接轨铺路搭桥

我们为祖国的现代化建设保驾护航

祖国啊……

您给了我们一块神圣的土地

我们要在这块土地上创造神奇

律师业的改革已结出累累硕果

国办所、合作所、合伙所

在法律的晴空下相映生辉

《律师法》捍卫了律师的权益

律师服务的领空更加宽广

一年一度的律考又由司考改为法考

成千上万个有志者在编织着五彩的律师梦

我们的队伍日益壮大

我们的前景灿烂辉煌

祖国给我们创造了良好的执业环境

世界给我们展现了千载难逢的机遇

在天时、地利、人和的氛围中

我们一定要创造出属于我们自己的风流

为了明天

我们勤奋刻苦、顽强拼搏

我们无私奉献、奋力开拓

我们忠于职守、遵法护法

我们学习英雄、赶超英雄

流出我们的热血和汗水

献出我们的生命与才智

让共和国永远沐浴在法制的春天里

我们自豪

我们是中国律师

中国抒情曲

以母亲河
黄河、长江的名义
我们拥有了共同的名字——
中国人

以中华儿女的名义
以华夏大地的名义
以华表、九龙壁的名义
以布达拉宫的名义
我们拥有了共同的精神的图腾——
龙的传人

以儒家、道家、佛家的名义
以三山五岳、万里长城的名义
以赵州桥、都江堰等等的名义
我们拥有了共同的呼喊——
振兴中华

黄土地孕育了黄皮肤的中国人
美丽的中国红
孕育了中国人的热情、奔放与勇敢
红旗飘飘

一种共同的情感是——

五星红旗，我们为你自豪

雄鸡一声天下白

《义勇军进行曲》喊出了我们不屈的意志

世界的东方

中国龙已经苏醒

今天的中国正意气风发地走在大道上

我们用速度展示着实力

我们用实力展示着国力

我们以行动展示和平

我们以仁爱走向复兴

此时此刻

我们最动情的语言是：

前进吧，中国！

…………

附录：我的家族史／石鸣扬

我 的 身 世

祖父母家的概况

祖父名为国良，出身农民，生于1891年阴历三月初一。

祖母姓茅，也是出身农民，生于1888年阴历四月初四。

原居住于启东汇龙镇河西第二佘堂，后来移居林丰里（也叫泰湖），此地现在为大丰区三龙镇龙东村。

祖父母没有文化，靠种田吃饭，踏踏实实地劳动，勤俭持家。祖父母都干得一手好活，得到了人们的赞扬，日子也慢慢富裕起来。

祖父母育有三男二女。大儿永康（奶名文明），二儿永泉（奶名文祥），大女儿（奶名伟英），都居住于附近，最远相距不过六七公里。三儿永生（奶名小康），二女儿（奶名翠英），都在启东汇龙镇老家居住，由于相隔较远，来往不便，所以很少见面。

1949年前，女儿都分开了，家中虽不富裕，但被划为中农成分，土地被分出九亩，其他未动。1949年6月，由于土地被海水淹没，祖母曾经在外向人家讨要度日近一年。祖父则把一点家具卖了度日，从此弄得家空无物，生活更加困难。

父母家的概况

父亲名为永康，生于1914年阴历七月廿二。

母亲姓顾，名为兰珍，生于1915年阴历三月廿六。

父母都没有文化，种田为生，勤劳、朴素，都是早年随自己父母从启东汇龙镇移居到林丰里（龙皇庙河东）的，现为大丰区三龙镇斗龙村（曾叫大丰县方强区林丰乡丰年村）。

育有四男六女。

大儿鸣金（奶名云才），生于1933年阴历五月廿三，初小文化程度，跟随自己舅舅学了三年工匠，1952年满师，在家乡做工。1953年和龚胜方结婚，龚因有肺结核病，于1960年去世，两人育有一个男孩，奶名红宝。1961年又和朱琴结婚，育有一个男孩，奶名红平。

二儿鸣扬（奶名璨才），生于1935年阴历二月十六酉时，高小未毕业。1955年3月31日应征入伍，1963年专业分配到军工厂（南京市双桥新村）。1961年10月19日在家乡和赵月萍结婚，育有一个孩子，奶名宁春。住新丰镇，与父母家相距5公里多，经常来往。

大女儿鸣芳（奶名雪珍）没有上过学，生于1937年阴历二月十二，嫁于陈宝林（奶名才冠）。陈宝林初小文化，是个勤劳、朴实的人，育有三个孩子——建平、建忠、建兰。鸣芳住址与父母家相距三四公里。

二女儿鸣兰（奶名龙珍），上过学，但文化程度不高，生于1939年，1949年间曾经给陈家做过童养媳，后来相互不和，解去此事，嫁于丁建高（奶名才清）。丁建高相当于高小文化，是个海军转业军人，曾经担任大队工作，后负责小队领导工作，共产党员，对人大方心直口快。育有三个孩子——桂方、桂琴、桂平。

三儿鸣富（奶名连才），生于1943年阴历五月廿四，高小毕业，1959年进三龙农具厂学木匠，1964年1月4日（阴历上一年十一月二十）与倪佩英结婚。

三女儿鸣珍（奶名兰珍），生于1947年阴历三月二十，初小未毕业，在队里参加农业生产。

四儿鸣初（奶名风才），生于1949年阴历八月二十，1963年高小毕业，在队里参加农业生产。

四女儿鸣娟（奶名小珍），生于1952年阴历三月十三日（阳历1952年4月7日）。

五女儿奶名亚珍，生于1954年阴历一月十三。

六女儿鸣秀（奶名秀珍），生于1957年阴历四月初六。

我的人生大事记（1971年之前）

参加中国人民解放军。1955年3月31日从大中县方强区林丰乡风年村应征入伍，到县报到。第三天乘轮船到泰州市新训六团一营三连二排。七月中旬调到南京空军通讯枢纽部集训报务。1956年4月29日分配到蚌埠2731部队，在场站导航连收讯台工作。1960年4月20日退伍，转业到南京513厂。1970年5月13日调到大丰县飞轮厂工作。

参加中国共产主义青年团。1956年2月18日由王效忠（大丰人）和陈文华（盐城人）介绍，填申请书。4月3日由南京空司通讯枢纽部和第三团支部审查批准为中国共产主义青年团团员。当时的支部书记是张龙（党员），党委委员是童子英。

退团。1962年1月15日，在南京国营513厂机关团一支部，填申请，由支部统一处理一批老团员。我填的内容为"因为超龄，故此退团，转为群众，切望组织仍要关心，经常帮助"。团支部书记孙家洪，副书记王开义，团组长孙增寿。

参加工会组织。1960年8月28日在南东国营513厂设计室试验组申请，于12月中旬批准，成为中国工会会员。填工会证，缴纳会费。

工资转正。从部队来到工厂，开始每月拿30元，到1960年9月28日填转正表，10月批准为二级工，工资每月拿37.44元。由于调回大丰

县工作，减去地区差，一年后调整工资差，于1970年9月6日起拿工资
35.95元，到1971年6月改为拿工资31.00元。

申请入党。1958年年中，在蚌埠（2731部队）场站导航连收讯台工
作期间，我第一次申请，由党员闫永安（河南人）同志联系。后闫永安
同志去西安学习，台里没有其他党员。连里也没有抓发展工作，一直到
我退伍我仍未能入党。

从出生到求学

住　地

听说过去这一带是海滩，海水潮涨潮落，人口稀少，土地荒凉，河
沟里鱼虾和蟹很多。大部分土地是盐碱地，稍肥沃一点的生长着茅草，
河沟边长着芦苇。在盐碱地上，人们晒细盐。农作物种得很少，甚至于
没有。居住这里的几户人家，依靠下海打鱼、捞虾、捉蟹、挖蛤蜊，以
及晒篮割草为生。这里生活条件和生活水平比较差，又加海风的侵袭、
海水的威胁，人们就自然不会爱这个地方。

后来，海滩逐年向外伸展，土地区积也随之扩大，盐碱地也变成草
滩。外地人也开始动心这个地方，接着公司来开垦这片荒地，把整片荒
地都收归公司所有，然后再租给佃户种。每年庄稼成熟时，公司派先
生、经理等人下来估租，这租内还包含着国税。

外地来开垦的人一年比一年多，短短的几年时间，这里的人家多
了，荒地也渐渐变成良田，种棉花、玉米、大豆、麦子等农作物。我祖
父也动了心，领着我父亲来到这里。当时这里叫林丰公司，经过几年的

光景，在这里的劳动有了成绩。为了改善生活，祖父把一家迁移至此，买了两条田（一条田50亩），砌了房屋。因而这里就成了我现在住的地方。

祖父母不怕吃苦，做起农活来是一把好手。全家共有七人，三个儿子，两个女儿。大儿永康、二儿永泉、三儿永生，都爱劳动，就是二儿和三儿上过几天学，其他人都是文盲。

我二叔和小叔虽然上过几天学，但是很丢脸，连简单的便条和书信都写不了。据说他们那时对学习不重视，经常逃学，更愿在家中参加劳动。

全家人常常披星戴月在地里生产，力争有好的收成，改善生活。经过几年的辛勤劳动，条件逐渐改变，生活有了好转。在这样的情况下，祖父母还是省吃俭用，攒钱，又买了砖木，建造了一些房屋，后又想多种些地。当时种的地有两条多，还租种了洋河南十多亩，盖草房三四间。虽然想多有一些土地和收入，将来好传给下一代，或者可以养老，可是事情的发展，不像人们想象的那样。

我的父母成了家，分到一条盐碱地、两间破房和其他一些家具，开始单独生活了。这是一条土质差，又高低不平的地，就是俗话说的"兔子不撒尿的地"。房屋也破旧，一下雨就漏得很厉害。父母为了改变这块兔子不撒尿的土地，改变差的生活条件，每天起早贪黑劳动，千方百计节约，经过几年的工夫，才把低陷的地方填平、过高的地方铲掉。后来庄稼收成不错，其他方面的条件也多多少少得到改变。生产的作物除自己用外，剩余的都支援给了长辈。

后来，二叔和小叔先后成家，按规矩必须来一次大的分家，把祖父母的家业都分给三个儿子，并对分给每个儿子的家产和土地立约。为了这一点财产，祖父母请亲友来处理。弟兄之间老是嘀咕：你分得好一点，我分得孬一点；你分得多一点，我分得少一点。甚至说长辈不公道。你说长辈顾他，他说长辈顾你，尤其是二叔和祖父之间闹得比较厉害。小叔虽然在下沙，但是也有一点意见。这种旧习惯在他们的思想中还未消去。

一家分成几家。小叔和二姑母在启东立家生活；大姑母、二叔和我父母都在大丰县三龙一带生活。两地南北相隔数百里，很少来往。

我们兄妹出世后，家中人口逐渐增多，劳动力少，生活负担日渐加重，尤其遇到年成不好，父母的担子更重。父母很勤劳，平时很勤俭，善于安排家中的生活，故把我们兄妹十人顺利抚养长大。

出　生

我生于1935年阴历二月十六，雪天太阳还没有下山的时刻（酉时），靠近黄海边，一个农民家庭。这里叫林丰里，也就是在南龙王庙河东，向北三排（三条马路）向东十二条的地方。我排位第二，奶名璨才，上有一位哥哥。

祖父母和父母都是劳苦农民，生活虽然没有非常贫困，但也不富裕。我出生后，祖父母和父母非常喜爱我们兄弟二人，有什么好的东西首先给我们吃。每次从镇上回来总是带一点糖果和烧饼给我们。平时也很关心我们，只要一哭就抱去哄，尤其是两位姑母更爱我们，没事的时候总是抢着抱我们去玩。

时间过得真快，我九岁那年（1943年）父母把我送进了学校。父母按习惯，给我煮了鸡蛋吃。之前学校离我家很近，七八百米。等我上学时，学校已经移到施友清家了，先生姓黄，学生有几十人。那时，先生对学生的要求非常平格，每个学生都害怕先生，见到先生都是恭恭敬敬，弯腰鞠躬。先生的桌上老是放着一根戒尺，谁要是调皮、不听话、做不好功课，就有品尝这根戒尺的可能。

一次课外活动时，我无意中把一位同学弄倒了。上课后，先生质问我，吓得我不敢吭声，结果先生生气了，用戒尺在我头上敲了一下。当时就敲出了个疙瘩，这是那时的教学手段和方法。读书就得背书，每天要背两次以上，背不好，就被罚站，等别人背完后，才叫你回到座位上继续诵读，等记住了再去背。学完一本书，必须把它背得很熟很熟后，再学下一本书，上一本还得继续背。这样的学校生活，我仅仅上了半年，读了一本多书，后来由于形势，学校解散了。因而我就一直待在家里带弟弟和妹妹，有时帮助父母干一些轻便的活。

混乱时期

1945年前，在我们这一带，常有日、伪军的扫荡。大约1944年的一天傍晚，形势格外紧张，大批的人向东北方向跑，并且说：日、伪军来了。果然，傍晚时日、伪军在龙王庙驻扎了下来，准备第二天一早下乡。我家离龙王庙只有六七里。父母和邻居一夜没有睡觉，第二天一早就跑了。因为我们年龄小，就待在邻居家玩。日、伪军来了，从大马路上经过，有的到老乡家抢东西，捉鸡什么的。后来一部分日、伪军驻扎在西北小闸口，那时小闸口是一个大油坊厂。这样一来，就在地方上成立了乡、保、甲等组织，从此我们就归于日、伪军管辖下。逃到外地的人，陆续回了家。

日、伪军驻扎后，经常和乡、保长下来搞公粮，以及搞公草、要工差。在每个据点周围筑起工事，要是谁不听使唤，就会被打骂，农民们只能受他们任意摆布。为了工差，我父亲曾经被他们打骂过。当时老百姓听到或看到伪军下乡来，都偷偷地躲开为妙。万一躲不及碰到了，都是向他们说好话，央求他们，才好脱身。

由于当时局势混乱，社会上土匪活动频繁，弄得老百姓人心惶惶，不能安居乐业。有些钱的人，白天怕伪军来欺负，晚上又怕土匪来抢。而穷的人呢，整天愁吃、愁穿，都过着不安宁的生活。

终于半年后，我们又回到新四军的领导下。老百姓刚开始稳定，又出现了战争，每天听到激烈的枪炮声。据说是国民党的军队，向解放区进攻。每天看到成群结队的飞机在空中南来北往，老百姓也不能安心生活。这期间新四军整天往南过军，老百姓帮助运输东西。我的父亲参加了第二批担架队，在盐城战斗中，我父亲奔到最前线，担过伤员，见到过战场上的情景。

父亲出去担担架了。我和兄、妹、弟，以及母亲在家，担心父亲在外面遇到危险。听到激烈的炮声，母亲整夜睡不着觉，有时暗暗流泪，经常打听父亲的消息。一个多月后盐城解放了，我父亲也完成任务回来了。这次父亲虽然平安回了家，但得了关节炎和慢性伤寒病，一到阴天就要复发，始终没能治好。

在第一次土改中，我家被划为中农。有的人家分得了土地和房屋、家产等。当时社会上谣言比较多，说没准明天会"变天"、地主会报复等。但随着深入宣传教育和国民党节节败退。农民的思想稳定了，觉悟也提高了，开始安心地在分得的土地上种庄稼，也在地主的房屋里生活了。大家的生活得到了好转。

大约经过一年的时间，为了土地更平衡一些，进行了土地复查。这次我家分得了近十亩土地，不过距离我家都比较近。

荒 年

受灾是经常发生的，有时轻些，有时会严重些。在我记忆中，受灾严重、吃苦很多的是1949年阴历六月三十这次。

1949年的庄稼长势特别好，但也是最不幸的一年。辛辛苦苦劳动了半年，眼看就有丰收的希望，不料连续刮了两次狂风。开始只是小雨，随着狂风下起了暴雨，海水也随着咆哮起来威胁着海堤。当时的海堤不牢固，防水能力很差。

　　海水袭击着堤防，民工们都到堤上去防守了，海堤比较长而又狭，海水猛扑上来时往往不及防守。终于在大风袭击下，海水泛滥了。阴历六月三十傍晚，海堤被冲垮，海水汹涌地吞没了大片土地，冲倒了几乎全部房屋，把家具也冲走了，淹死了人也淹死了家畜，弄得许多人家破人亡、人哭犬叫。

　　四五天后，海潮才慢慢退下去，人们整理住房。再隔几天后，海水退尽了，土地上也干了一点，又栽种晚农植物。我家也是千百家中的一个，同样受到这场遭遇的打击。房屋倒塌了，庄稼淹没了，以后的生活处境是十分困难的。

　　那天，狂风暴雨袭击着，形势越来越恶劣。我父亲早饭后冒着风雨去守海堤，直到下午一两点钟才回来。看到形势不妙，把部分东西搬到前面赵家墩子上，又把我的弟、妹送到高墩子上，只剩我和母亲在家整理东西。傍晚时，东边的钮家三口人来到我家，等了十多分钟，听到外面叫喊连天。由于大风呼啸听不清叫的什么。等我父亲一开门，海水已经冲到屋墩了，我们急忙起身向赵家墩子上走，海水已经要半人深了，行走是非常困难的。父亲拿着东西，不知是否抱着小孩，我记不清了。我只记得拉着母亲，同钮家三人，不顾一切地和风浪搏斗。在半人深的水里走着，三四十分钟后才摆脱了危险。我跑到赵家墩子上时，听到周围一片叫喊声，但是夜里看不清什么。

　　第二天风小雨晴，清早起来一看，白白的一片海水。我和父亲早饭后，回家去看个究竟。到了家，有的地方潮水已经退去。父亲和我先整理房子的茅草，把能整理的东西都整理好。一等屋基干后就很快地又把房子砌起来。三四天后用破旧的材料，又砌起两间茅草房。有的地里可以种晚农作物。这时又千方百计地设法播种，种上了晚玉米等。三个月左右，玉米长得已经放股莠蕊了。没想到，再次遇上不幸的事。一天突然乌云满天，一阵大风过去，接着就下起雨来。然后雨夹着冰雹，外加大风的袭击，削去了晚农作物的枝叶，把所有庄稼打得稀烂，没有一点收成的指望了。为了生计，我和祖母先离开了家。

阴历九十月份的一天，我跟着祖母，和张瞎子，以及他的外孙女四人，从家往北走，去谋生。沿途靠着向人家要点吃的度日，为了走到离家一百多里外的合德，想去谋个打工的差事。但没找到活干，只好和祖母靠向人家讨要过活。由于合德这一带没受灾，收成比较好，到这里来谋生的人越来越多，不但工作不好找，就是向人家讨要也比以往困难了。

不久，父亲和大妹（鸣芳）也来了。父亲偶尔能找到帮人家挑泥的活儿，当时做土方的工资是很低的，差不多只够自己生活。没有活干时，父亲也向人家讨要。我和大妹、祖母每天东奔西跑，吃了这顿不知下顿。

有一次，有个人家叫我和妹妹去拔棉花秆子。兄妹俩拔了一天只管了我们三餐，其他什么报酬都没有得到。可是连这样的活儿也不常有。不知受了多少气，吃了多少苦，那真是我一生中最痛苦、最难忘的年代。

终于熬到第二年春天，总算结束了我最痛苦的生活。暖和的春天来到了。万物都发青了，为了春季耕种，我们一起回家了。三麦、豆类还没成熟，只好用大部分青菜和苜蓿充饥渡过这关。幸好这一年收成不错，我们的生活才有了起色。

受灾那年，家人们四分五裂。我和大妹、父亲、祖母在外东奔西跑，过着流浪的生活。母亲和弟、妹守在家，整天吃青菜和其他一些野菜。粮食是极少的，有时掺和在菜内。弟、妹当年还很小，每天见到吃野菜，就哭闹着不吃。祖父在家，靠卖掉一点家具度日。二妹（鸣兰）过继给了戴（陈）家，又说给他家做儿媳妇。这家是地主出身，有大、小老婆，主人早死了，后来小老婆就改嫁给长工。虽姓戴，其实还是陈家的户口。二妹在他家过了近两年光景，受了不少气，总想离开那里。有一次回家后，姓戴的来叫她回去，被二妹拒绝了。后来关系越来越僵，最终断绝了关系。二妹在家中参加劳动。哥哥早就到新丰镇舅舅家中学徒（木匠）了。舅舅家中多少有点收入，所以这次受灾，哥哥对苦难体会不深。

那个受灾的年月，永远铭刻在我脑海中。

入学

后来政府又进行了土地复查工作，我家在这次复查中又分得了几亩地。但是离我家比较远，又是草地，所以没有人去开垦，只好让它长草。这次复查工作比较隆重，因为政府主张要立地约，在地约上明确写着地将来永远归自己种，所以每个人的生产劲头更加高涨。

家中人口多，土地也相应地增加了，因为土改是按人口分的。那时我已经十六岁了，哥哥在外，弟、妹还小，家中缺乏劳动力。父母的担子很重，经常起早贪黑地在田地里干，夏季天气炎热，有时中午热得喘不过气来，也不能休息。我和大妹，能参加一些轻微的劳动，父母经常把我们带下地。

1951年下半年，村里兴办了所小学，是黄海小学的分校，四个班级，学生约三十多人。陈仲甫当老师。我也报了名，上三年级。

过去零星地上过几天学，都是私塾性质，根本没有学到什么东西。

现在又开学了，直接上三年级，感觉压力很大，又要经常帮助家中劳动，就更觉得吃力。但我对学习非常重视，有克服困难的雄心，所以一段时期后，学习成绩赶了上来。

1953年下半年初小毕业了，去报考高小，说实在的，自己的把握是不大的。因为成绩一般，没有时间复习功课，报考的人数又多。据统计，全区高小班只有三所，招生一百多名，但初小毕业生有五百多人，在四五个人中录取一名。这样哪里能有把握呢？只好去试试看。这次我们分校一起去报考的有十多人，但只录取了三个人，其中有我。我从此进入黄海小学高小班学习。

黄海小学离我家十多里，每天都是早去晚回。中饭带去，不带的时候，就饿着肚子熬。到了冬季带饭，学校帮助把饭蒸热。进入高小班学习后，除了星期天在家帮助劳动外，其他时间很少参加家中劳动。

家中的经济状况虽然有所好转，但父母仍旧勤俭节省。为了改善住房，又筹备屋料，挑新屋基。1954年初，砌起三间新房、两间灶房，离老房子三四百米。老房子分给哥哥两小间。后来哥哥又搬到前面高墩子上住了。

由于家境的好转，父母也开始支持我上学。后来据说，父母积攒了一些钱，作为我上初中的学费。然而我未等高小毕业，就离开了学校，也离开了家乡，离开了父母。

绿 色 岁 月

入 伍

我上学时，经常在假期中参加村里的一些社会活动。1955年的寒假更加特别，村里先叫我过去开了三天会，接着乡里要我到县参加青年代表会议三四天。乡里一同去了三人，学习了当今的国内外形势和我们的任务，前后共一个星期。有的青年人当时就申请了参军，而我是第一次参加这样大的会议，自己还是学生，没有表示什么，只是跟着他们一起来参会而已，也没有考虑当兵之事。从县里回家后，在县开会的情况没有向家中说起，正好学校里要开学了，我完成了假期作业，准备开学。

开学一个多月后，开始征兵。因为我家弟兄多，我和哥哥年龄都合适，乡里干部动员我们其中一个参军。因为哥哥已成家，有了小孩，父母觉得我比较适合。但我每天坚持上学，直到体检合格后，才放下书本，在家中等待通知。离走只有两三天了，好几家邻友请我去家里吃饭，他们客气的招待，使我非常感激。

1955年3月28日接到乡里的通知，要我3月31日到县兵役局报到。31日上午，我们在风年小学那里集合，全乡一起走。吃过早中饭，到三龙镇等其他乡的应征青年一起。约下午一点钟，在三龙后面大场上，戴上红花就走了。当时父母送我到三龙西边渡河口。母亲非常舍不得我，看我上了渡船，痛哭起来。年迈的祖父也来送我到渡口。哥哥把我送到县里，住了一夜，第二天把我过去的衣服拿回了家。我们途经新丰镇，哥哥到寄父母（江苏东部地区传统风俗，使孩子拜另一对夫妻为寄父母）家，告知他们我被征入伍。到了新丰镇，我们下车步行，因为这里组织很多人欢迎我们，我们必须下车。在新丰镇南市稍，我遇到寄父母，寄父给了我几元钱，作为临别的心意。

　　来到大中集北市稍，这里的欢迎仪式更加隆重，红旗满街，洋鼓洋号声震耳，两排拥挤的人群夹道欢迎。在县里等了三天，看了两场戏，后来开始学习轮船上或者火车上的交通规则。第三天约四五点钟，在热烈的锣鼓声中，我们登上轮船。经过一整天的航行，晚上12点左右来到泰州市，虽然是晚上，但也受到这里人民的热烈欢迎，在震耳的锣鼓声中，我们被送进了营房，这时已经是4月3日。

　　泰州市是我们暂时集训的地方，我们在这里集训四五个月。在泰州市时，父亲来部队看过我一次，但仅仅待了一天多就回家了，来时骑自行车，回家时乘船。隔了不久，哥哥和丁建高二人也骑着自行车来看过我一次，住了一宿，又骑着自行车回家了。

调　动

　　7月中旬的一天晚点名时，我被点名调走。第二天凌晨3点左右，打起背包，收拾好行李，在于排长的率领下，由泰州市步行到口岸轮船码头。中午时，来到了口岸，在一所中学里休息，并吃了中饭。由于在泰州市长久没有吃干饭了，在这里吃大米干饭，没有开水泡是无法吃下的。下午在口岸人民的热烈欢送声与鞭炮声中，再次登上轮船，离开这里，随着长江直往南京而来。

　　由于天气炎热，船舱里人又多，没有开水供应，再加上不许我们随意走动，我精神萎靡、昏昏沉沉，难受极了。有一瞬间，我甚至昏了过去。第二天早晨到了南京轮船码头，上岸后，等待汽车来接我们，这时才知道到了南京。

　　汽车把我们送到空军教导营，这时我们才明白被分配到了空军部队。我被分配到空司收讯集中台，一个长期生活在农村的青年人，今天来到南京市这样的大城市，又看到很多新鲜的事物，玩了很多有趣的地方，我非常高兴。

学习开始了，首先举行了开学典礼，仪式非常隆重，首长都来参加了并讲了话，说明学习无线电报务的重大意义：它是首长的耳目，战斗的神经，在现代化战争中是不可少的一门科学技术。在六个月的学习中，我的接受能力比较慢，故成绩并不显著，收报速度有一段时间跟不上。经教员和同志们的共同帮助，通过自己刻苦学习，后来达到了上级要求的水平。五个月很快过去了，进入到实习阶段。

毕业考试，我的各科目虽然成绩一般，只是及格，但在生活制度、组织纪律性方面还是强的，经组织上批准，光荣加入了中国青年团。入团时间为1956年4月3日。

家人来队

1956年元旦期间，爸爸来南京看望我。那时我正处于最忙的学习阶段，星期天也不休息，没能抽出更多的时间去陪爸爸。因为我是一个军人，一切服从领导、听从指挥。

爸爸虽然第一次来南京，但很顺利地找到了我。他住在珠江路空军招待所。由于我学习比较紧张，没能去招待所探望爸爸，也没能陪爸爸逛逛名胜古迹，更没能陪爸爸看看戏或电影。爸爸一人在市里转了转，和招待所里其他同志的家属，一起去玄武湖和中山陵玩了一次。

五六天，爸爸要回去了，那天我吃过晚饭，向教员请了假，前来送爸爸。在招待所门口叫了一辆三轮车，爸爸上了车，叮嘱了我几句，又安慰了我几句，直奔珠江路而去。从爸爸的叮嘱和安慰中，我听出爸爸内心的激动和难舍难分。

后来我被分配到安徽蚌埠去工作，离家更远了，家人再没来看过我。一直到1959年4月间母亲生病，我请了十天假回家，才又和父母见面。

住医院

由于工作性质特殊，我们的生活一般不规律。有时吃得早，有时吃得晚；人家睡觉，我们工作，而我们睡觉人家工作——经常如此。晚上值班，饿了也没有吃的，下班后就睡觉，直到第二天早上才有吃的。有时早饭不吃，睡到中午才去吃，这样长年累月影响了身体健康。又加上我平时吃饭太快，得了慢性肠胃炎。医生多次诊治后，让我到南京454医院动手术。1958年1月14日上午乘火车到南京浦口。当时自己思想上有很多顾虑，特记下日记：

一月十六日（星期四）

离开蚌埠，来到南京454医院，已经是第三天了。由于医院没有空床位，所以在医院招待所住了两夜，在市里玩了几次，又去空司玩了一趟，遇到几位老战友，高兴地交谈着别后的情况，并和老战友一起吃了晚饭。

今天一月十六日，医院有了空床位。我进入病房，背上了病号的名号，心静思深地度过了这一天。回想起来，这是第二次入院了。第一次是1956年元旦。住在454医院治疗疟疾，只住了三天。这次不同的是要动手术，所以我的心中有些顾虑，究竟开刀时的味道如何呢？真是天晓得。今天医生初步检查了一下，说明天要进行透视、抽血化验、大小便化验等。

一月二十一日（星期二）

护士每天注意我的身体变化，测量体温。昨天下午整理开刀处周围皮肤，剃去阴毛。晚上用茶水洗净，对开刀处的皮肤消毒，等等。这些工作有的是男护士做的，有的是女护士做的，使得我很不好意思。睡觉前，医生走来问我动手术怕不怕，说实在的，我还是有一点害怕的。不过看到周围已经动过手术的几位同志，他们都很顺利，故也消除了一些顾虑。

今天起床后洗了脸，在病房前后玩了会儿。因要动手术，医生没准许我吃早饭，后来吃了一片药，打了一针。9点多钟，测量了血压，称过体重。9点55分走进了手术室，躺在手术床上。医生先给我打了一小针麻药，然后又打了一针麻药，没多长时间我只觉从脚往上麻木，渐渐不能动，失去了知觉。这时有人用红绸把我上半身挡住，两位医生开始动手术了，三四位护士协助，一位护士专门测量血压，有时和我谈话，分散我的注意力。经过五十多分钟的紧张手术，快要结束的时候，我突然感到肚子不舒服，吐出酸水。护士帮我弄掉，并告诉我正在缝最外一层，马上就好了。共一个多小时，我被包扎好，送到了病房。因半身仍是失去知觉状态，不能动，护士把我抱上病床。第二天中午改为流食，才开始能吃一点东西。身体还是不能动弹，小便时一个病房的同志帮我拿尿壶。第三天可以下床，稍稍动一点。这期间，护士都很关心我的，每天早、中、晚都来测量体温和脉搏，还给我洗脸、送饭等。

后来能走动了，经常下床活动，和其他同志一起打打"老K"等。吃的方面比较好，要吃什么菜自己选，真是像待在天堂上那样舒服，只有在军队里才有这样好的条件。

一月二十六日（星期日）

刀口快要痊愈了，精神挺好，很快能出院。

今天护士叫我去拆线。取下绷带，剪去线头，一点一点用镊子镊取残线，有时碰到了肉，会叫我刺心地痛一下，但是还好，只碰到一两次，忍忍就过去了。拆线三四天后全好了，医院让我出院了。

二月一日（星期六）

吃过早饭，拿着出院证，高高兴兴地坐着三轮车，来到新街口。上了二路公共汽车来到江边，渡了江，又乘火车，愉快地回到部队。

服役期满

一晃四年过去了，我已到了可以退伍的年限。曲副连长要我对这个问题抱正确的态度，看清目前部队中的形势、任务，要做好留队的打算。我也看出有留队可能，自己确做了准备，给爸爸妈妈的信中也提到有留队的可能。因为部队里无线电方面的人很少，新来的几个同志还不能工作。

2月15日，站里召开老兵退伍大会。会上报告了今年退伍情况，各类人员退伍的比例，技术人员退伍的比例是25%。由于平时我各方面都表现得不错，工作能力也不比别人差，身体条件也是很好的。退伍的希望我是一点也没有了，只好再留队一年。

我2月20日从收讯台调到训练对空台工作。这台平时工作很少，台里人员也只有两三人，一个是1958年入伍的新同志，台长是别的台的台长兼，所以必须要调一名能力较强的老同志去担当这个台里的工作。排长、连长决定调我去。但我过去一直在报台工作，这次调到这个台有些方面还得要学习才行。

当时国家推广普通话，在报务工作上也进行了改革。第一批无线电员轮训开始了，台里派陈东成同志去学习，所以我要一个人担当台里工作。

一天下午4点钟左右，我的工作快结束时，收到一封家里寄来的信。我母亲病重，希望我火速回家探望，也可能是最后一面。我非常焦急，一下班就跑去找排长，可是没找到。在营房前面遇到了唐指导员，把情况告诉了他，信也给他看了，可是他没答复我。我只好又去找排长。排长说："现在台里没有人工作，等有了人给你回家。"我非常焦虑，要是母亲这次真的有个三长两短，再回家又有什么意义？！独自走进工作室，暗暗流泪。

排长走了进来，看我在流泪，就说："老同志了，在军队里这么长时间，这一点还想不通，哭什么呢？等有人了就给你回家。陈东成快回来了，他一回来马上让你回家。"我哭得更厉害了。排长火了，加重语气说："怎么搞的，不是不给你回去探望，现在没有人等几天不行吗？"我也又恨又气，不管三七二十一就说："等几天，时间长了，要是我母亲有个三长两短，我就是回去了也没什么意义！"

几天后，陈东成终于回来了。第二天，排长对我说："你的假已经批下来了，共十天，你看什么时候走。这里的工作很忙，要准时归队。"我一听只有十天假，来回路上得五六天，在家只待三四天，什么事情也不能处理，嫌上级批得太少了。就在宿舍门口，又和彭排长吵了起来。排长最后生气地说："你回去就回去，不回去就算了。"又说，"你这位同志怎么搞的。"我也生气了，认为四年多没有回过一次家，现在母亲病重，你们对我就这样的态度。经过这一场风波，我也得到不少经验教训。

探亲记

1959年4月5日晚，我怀着复杂的心情，走进蚌埠火车站，登上了回家的火车。

火车奔驰在津浦线上，越过一个一个小山坡，经过六个多小时，到了浦口火车站，渡过了长江，到了南京火车站。又奔驰在沪宁线上，经过一个多小时，到了镇江火车站。下了火车，这时已经夜里三点钟左右，来到了轮船码头，等到了五点钟左右，又从江南渡回江北，在六圩汽车站，乘上公共汽车，直奔大中集而来。

一路上回想着家乡的情况，离家四年多了，家乡将有怎样的变化？我离开的时候，家乡都是一家一户地搞生产，连临时互助组都没有组织起来，其他更不用说了。百闻不如一见，在部队听到首长的报告，看到报纸上的报道，说农村走上人民公社化的道路，农村的变化如此好，等等，这次回家都可以看得清清楚楚。一边看着外景，一边想念着家乡，不知不觉到了大中集。

下了汽车后，到大中集综合服务站住了一宿。第二天向寄父借了自行车，自己踏回家。当天的天气不好，又刮着东南风，后来下起小雨，自行车在路上链子掉了，只好推着走，好不容易走到三龙镇，修理了一下，天已经晚了。又累又饿。走到离家只有十几条田宽的地方，头发昏，眼发花，非常难受，只好下车休息了一会。黄海小学的学生放学了，给指了一条比较好走的路。

我家的前门关着，后门开着。我推着自行车，走到后门东边大喊母亲。母亲正在盛晚饭，因身体不好，没有去公共食堂吃，要了粮食回家自己煮着吃的。母亲听到有人喊她，就顺口应了一声，没有想到是我。我一进门，母亲突然哭了起来，连忙又盛了一碗。吃过晚饭，父亲和弟弟妹妹们先后回来了。丁建高知道我回来了，连夜就来看我。第二天两位妹妹也回娘家来看我。全家人久别重逢，十分高兴。

我到祖父母家、大妹家走了一趟，没有遇到二叔和陈保林，因他们去河工了。和哥哥到下明闸走了一次，第二天又和哥哥到北面舅舅家、二叔家、三叔家和三祖母家玩了一圈。后来又和父亲到东边姑母家去了一次，在田里遇到了姑母，谈了几句。两位妹妹放下自己手里的所有事情，帮我赶制了几双袜底。

一天早饭后，我到东边钮家去玩，刚到他家，父亲也来了。没过一会儿，三妹跑来喊我们回去，说木匠张业才来了。原来他是来给我做媒的，要我去看一下，对这件事，我没思想准备，有一点为难，但还是在他们的劝说下，答应过去看一下。就这样，我和张业才两人去黄家见了女方面。第二天张业才回复我："女方（黄美芬）没有什么意见。如果你们双方都没意见的话，一起去照张相吧。明天来我家和我爱人一起到黄家去把女方叫出来照相。"第二天我来到张业才家，他爱人已经到三龙去了，怎么办呢？只得我一人来到黄家。黄美芬的母亲给我煮了一碗鸡蛋，吃过后黄美芬一人先走到西边堆上，我骑着自行车跟在后面，两人一起到三龙镇照了相。一路上也没说什么话，就这样草率地把这件事定了下来。次日，我用自行车带了几条烟、几斤酒、一条军用毛巾、一本劳动笔记本、20元钱，作为订婚礼，送到她家。第二天，我要返回部队了。黄美芬和我父母、妹妹、哥哥等一起来送行。爸爸送我到新丰镇，我两在我寄父母家吃了中饭。回到连队是4月17日早晨，同志们还没有起床。

到过的地方

在没入伍前，我最远到过合德、八大家等地方。那是1949年涝灾后逃荒去的。1955年入伍后，在部队生活了五年多，去过的地方也不多。从大中集坐轮船，在泰州市待过四五个月，然后步行到口岸上了轮船，沿长江一直到南京市，在南京学习六七个月。1956年去安徽省芜湖市玩了一趟，在湾里机场住了一个星期。

1956年4月，我被调到安徽省蚌埠市附近的机场工作．在那里工作了将近四年。这四年中，只在蚌埠附近转过。去过夏家河靶场挖炸弹皮。去过淮北公社，搞水利建设。1960年2月13日至29日，去过老虎洞演习。

1959年4月5日请假回家，从津浦线到沪宁线中间经过临海关、滁县，渡江到南京，再到镇江。我在镇江下了车渡江到六圩，经扬州、泰州、海安、曲塘、东台、刘庄等地方回到了大中集。但是这些地方我都没有很好地玩，只是路过。

1960年4月20日，我又回到了南京，经常到溧水县工作。到过东山镇、秣陵关、拓塘、乌山、菊花台、牛头山、东山镇、湖熟、孝陵卫、句容、天王寺等地方。

退 伍

时间过得真快，转眼五年过去了，又到了一年的退伍季。4月7日，宣布退伍名单。8日集中我们到西营房学习，连里敲锣打鼓举行了欢送仪式。

我被分配到南京地区。1960年4月20日清早，一切收拾好了，连里首长也过来送行。就这样，我离开了军队的紧张生活，离开了生活四年多的蚌埠市，离开了战友们。亲爱的部队首长和同志们，再见了！

火车在津浦线奔驰，五六个小时后到达了浦口火车站。下了火车，过了长江，等了一个多小时后，被工厂里派来的一辆汽车接走。我由军人转为工人了，得到了四十多元退伍费。

回到南京：我早期的工厂生活

进工厂与婚姻问题

4月20日下年，我入职国营513厂。这是一个国防系的工厂，为空军航空事业服务，生产降落伞。

还没正式上岗的几天，我们在南京市游玩了中山陵、玄武湖。等到人员到齐了，干部科组织我们学习制图学和金属材料学等课程，为期一个月。有些不需要学习的岗位，直接分配了工作。4月30日上午，我被分配到设计室试放组，还任电台工作。8月份周德成调走了，只剩我一人负责电台工作。

工厂和部队是不同的，每天八小时工作时间，下班后各忙各的，同志之间关系不像部队那样亲热。

男大当婚、女大当嫁，到了一定年龄，都想找个自己理想的爱人。在这个问题上，我也是如此。

小时候，父母想过给我定亲，但是因为什么八字对不上，没有成。1954年，我还在上学期间，对张龙英有些好感。但考虑她和陈已经订了婚，故没有明确关系。入伍后，我不想把人家婚事拆散，虽然后来和她通过两封信，1959年4月探亲时和她见过面，但也没有明确态度，令她失望。不久，她另找人结了婚。在部队期内，我也曾对邱素珍产生过好感，彼此经常通信，后托人介绍过，信中也提过，但由于一些客观原因，她没同意。

1959年4月探亲时，经张业才的介绍，我和黄美芬建立了关系，合了影，回部队后一直保持着通信联系。从1959年5月到1960年5月，近一年的时间共通了十多封信，交谈了一些情况，但是我内心对她不太满意。1960年4月我退伍到工厂，思想中起了更大变化，如果和她继续下去，她在农村，我在南京，有很多实际困难。故经再三考虑，去信征求她的意见，再做决定。她回信中说："随你怎么办。"我信中退回她的照片，回绝了我们的关系。此后，她再没有来信，没有把我的相片退回来。

这件事情虽然就这样解决了，但对我的教训是很大的，只怪自己把事情看得太简单。

今后怎么办好呢？是在家乡找，还是在单位找呢？说实话，最理想的还是在一起工作的，彼此之间很了解，最好家乡较近的、风俗习惯相似的。考虑来考虑去，最主要的问题在于彼此要有感情，相互体贴和相互谅解。

只能暂时把个人的终身大事放在一边，等待合适的时机。

跳伞与探亲

降落伞是一种空军装备中必不可少的救生工具，在现代化的国防建设中更是不可缺少。生产降落伞不是轻而易举的事情，每出一种产品，必须经过研究和试验后才能批量生产，生产出来后，又必须经过检验——试放后才可以出厂，交给伞兵或运动员使用。

我从部队转业到这一工厂后，虽然天天和降落伞打交道，但对它也不是非常了解。很想知道从空而下是什么体验，事情来得巧，工厂里组织了业余跳伞队，我也报了名。

多天训练后，1960年6月23日，我高兴地穿上了跳伞服装，拿了伞登上汽车，来到大校场。8时30分从机场起飞，经过40分钟飞行，来到溧水着陆场上空。升高到800米，机速200公里/小时，地面风速3米/秒。进入航线后，宋主任在我前面，等电铃一响，宋主任第一个跳出机门，接着我也跳出机门。等我有知觉时，伞已经开好了，看到地面的着陆目标，就调整方向顺风飘去。第一次跳伞没什么经验，所以离中心点较远。

我跳的是112型伞，是强制开伞的，由于是雨后的一天，地面有水，又加风大些，我着陆后就摔倒了，被风拉着跑，弄得浑身是泥水，伞也弄脏了。真有意思，我体验了跳伞，了解到跳伞员工作的不容易。

工厂上班半年后，很想念家乡，工作不忙时请假回家，得到15天假。1960年9月2日晚饭后，把已准备好的行李一提，来到小街上叫了一辆三轮车，把我送到夫子庙1路公共汽车站。跨上汽车，到了下关火车站，买了到大中集的联行票。13点钟左右上了火车离开南京。14点钟左右到了镇江，下了火车来到渡口，17点多钟渡了江，来到六圩。3日7点钟左右，从六圩前往大中集了，19点到达大中集，在综合服务站住了一夜。4日早晨，乌云满天，一会儿刮起大风，接着是倾盆大雨，到9点多钟大风大雨才过去。我叫了二轮车，来到新丰镇，在寄父母家又住了一夜。在新丰镇遇到了久别的老同学汤菊英、赵友如、张九红。5日乘着二轮车来到了三龙镇，因路上难走，这次车费要比以往贵很多，不过路费是厂里给报销的。

离家一年多，今天又见到了父母、哥哥、弟弟、妹妹，怎么能不快乐呢？在家玩了几天后，和父母、哥哥一起到舅舅家玩，然后又到二叔家玩，没来得及到三祖母和三叔家，后来又到南边祖父母和二叔及大妹家去玩了一趟。这次回来还见了陈保林、麟友和一起长大的其他朋友。

假期很快要结束了。17日早饭后，全家人把我送到三龙汽车站，我感受到家的温暖。这次祖父到祥丰去，和我一同到裕华镇后，祖父下了车。我给了他一些粮票。祖父要等我父亲到后一起走，因为父亲是骑自行车来的，他们要去祥丰大祖父家。我告别了祖父，到了大中集汽车站，没买到第二天到六圩的车票，只好买了当日到海安的汽车票。时间还早，我到造纸厂孙发奎爱人王凤英那里玩了会儿，这是第一次和她见面，又给孙发奎带了一些甜蔗。然后我又去见了寄父。

来到海安镇，已经很晚了，没有买到当晚开往六圩的汽车票，只好买天明的汽车票。7点多钟又上了汽车，到镇江市15点左右，买了20点的火车票。在镇江市内玩了两个多小时，晚上9点多到南京下关火车站。回到工厂还不到晚上11点钟，整理了一下就休息了。

两封来信与电台工作

回工厂不久，接到两封不幸的信。鸣金兄1960年12月来信说：他的爱人龚胜芳已经去世，丢下一个孩子。顾红英1961年元月来信说：他父亲去世了，丢下了他们姊妹四人和母亲。我感到很痛心。

想我9月中旬探亲时，大家还一起说说笑笑。在大中集，寄父放下工作陪我，又和女儿一起把我送到汽车站。哪知就这样和我们永别了，真是太突然了。

一个人从生到死，在世界上只有短短的几十年。"一寸光阴一寸金，寸金难换寸光阴。"有人死后重如泰山，有人死后却轻如鸿毛。善者，忠心耿耿为广大人民谋幸福，为人民办事，会永远活在人民的心中；恶者，做尽坏事，总是把自己的幸福建立在大家的痛苦之上，和人民作对，会被历史唾弃。

刚到工厂时，从事电台工作。后来组织机构运行调整，把我调到了技术测量组，工作仍旧是参加外场试改。每月工作次数虽然不多，但难度比较大，我也感到伤脑筋。一个人担当这部电台工作，缺少任何东西都是自己去找。

在一次大校场投放中，我已做好准备，飞机就要进入航线了。这时副组长宋振明走过来，什么也没说，就从我手中夺取话筒和耳机，开始指挥飞机工作，弄得我不知何故。他身为一个共产党员，用这样的态度对待我的工作，不知我犯了什么错误？他这种做法，一方面打击了我的工作情绪，不信任我的工作，另一方面也违反了通信规范。当时我有些想法：干脆不干这份工作了。由于自己刚来不久，怕闹得影响不好，所以只好忍下。同样的事情，宋庆云组长也做过几次。加之工作中又遇到了些困难，我对这工作失去了信心。

加入工会与春节

从转业到工厂的第一天起，我就成为工人队伍中的一员了。每月的工资是国家规定的，因为是军队转业来的，暂定每月30元。要是折算买当时的东西，按市场上的公价，可买大米两百多斤（每斤1.3角或1.4角）、青菜六百多斤（每斤5分）、蓝卡其布30多尺（一尺等于三分之一米，双面卡每尺8角多）。三个月转正后，每月的工资37.44元。每月房租、水电费、订报费、团费、工会费等需要一元多。每月的伙食费和零用钱大概20多元，这样每月还能剩几块，自己再办些其他的东西。

工人必须要有自己的组织，那就是工会组织。1960年12月1日，我也加入了工会，每月缴纳会费0.37元，可以享受会员的权利。

工人阶级如果没有参加工会组织，还称得上是什么工人呢？被人家看起来也不像样。何况我们的国家是工人阶级为领导的国家，所以说参加工会组织是光荣的一件事，也是唯一正确的光明大道。

1961年春节快要到了，我怀着无比激动的心情盼望着早日回家去和父、母、兄、弟、妹一起欢度佳节。可是在这次探亲假中，组里掀起了一场风波。事情这样的：我们所春节回家的报告，车间和干部科都批了。后来中央有指示，为了减少灾区和交通方面的负担，要求家在灾区的人员暂时不要回家，过一段时间再回去。支部里传达后，小组里展开了讨论。我们组里，我和李太源坚持要回家，最后组长李玉达公开讲："明确告诉你们，领导上给你们回去，不过是考验你们如何认识这问题。你们这次对这问题的表现不够好！"但我们觉得，自己是省内的，又不会到灾区里住，没有违反中央的文件精神。经这次的风波，我也得到了深刻的教育。

最后我还是回家了。2月7日离开工厂，2月27日回到工厂，总共20天的假期。由于春节期间交通格外繁忙，故在途中耽搁了几天。7日晚上11点左右到了下关火车站，8日早晨6点多钟离开南京火车站，7点多钟到镇江火车站。下了火车后就挤入人群，排队等上汽车，到六圩是11点多了，乘汽车到扬州市。因为当天没有开往大中集的汽车了，只好住在扬州市。这次我和曹锡冲一起回家。第二天7点多钟上了到大中集的汽车，由于人多，我们坐在拖车上，弄得满身尘土。

到了大中集，已是18点多了，我和曹锡冲一起到他弟弟那里住了一宿（公安队里）。第二天我在那里吃了早饭，乘7点多钟的汽车去三龙镇，下车后到农具厂见了哥哥和弟弟并吃了中饭后才回家。母亲见到我回来十分高兴。父亲在生产队里劳动，听到我回来了，也高兴地跑回来看我。这天已经是10日（腊月廿五），第二天和母亲到二妹家，15日（正月初一）到大妹家。17日（正月初三）我和哥哥、建高、舅舅一行四人到新丰镇寄母家，在寄父的灵前凭吊。18日我到大队部去玩了半天，下午到二妹家。19日骑自行车到舅父家，途中遇到张龙英，当时还不相识。下午带着母亲回家，路上遇到三叔、二叔。21日听说祖母身体不舒服，我和父亲吃了午饭就去探望，结果祖母的身体已好转了。

二叔也来了，为了我的婚事，父亲叫我和二叔前去钱家看看是否合意，要是合意的话就准备订婚。当时我很为难，但不想让长辈担心，所以跟着二叔先到姓倪的家，因为姓倪的是介绍人，然后再去钱家双方看一下。钱家的女儿钱桂英当时去生产队里劳动了，没在家。我们先回到大妹家吃了午饭，下午又和二叔一起前去看望。我与钱桂英互相见了面，后来姓倪的要我当时答复这件事，我考虑了一下，不能直接这样简单地处理这件事，双方什么情况也不了解，只有含糊过去。所以介绍人和二叔、父亲再三征求我的意见时，我始终没有明确结论。这样在他们看来，我这人好像有一点滑头，其实我是不想处理得太草率。

23日，我和父亲到北边三祖母和三叔家去了一天。24日上午我离开家时，父亲对我难离难舍地说："晚两三天回厂吧，一起到北面舅舅家去玩玩。"其实他是担心我的个人问题，觉得舅舅那里可能能帮我解决。但是我回厂的汽车票已在回家时和曹锡冲说好并托他办理，不能耽误只得动身。到了三龙车站，由于车票已经卖完，只好由哥哥送我到大中集。和哥哥分手遇到了曹锡冲，他买的是27日的汽车票，只好在大中集玩了三天。26日，和张思信一起到大丰中学会见了龚耀章、龚志聪、刘国兰等同学，更喜的是又遇到了分开五年的老战友刘应国同志，他转业到大丰邮电局工作。从泰州市分开后我俩没有通过信，在街上突然相遇，都十分高兴。

在这里等车无事可做，心中也有些烦闷。父母的嘱咐，他人的关心，刻在我的脑子里。心血来潮，26日给钱桂英写了一封简单的信，前去摸摸她的心意、看看她的态度。结果一直没有收到她的回信，所以我也就把这件事翻了过去。

27日7点多钟，汽车开出了大中集，17点左右到了六圩。渡了长江，乘了20点的火车。由于假日里来去的人员多，我们乘的是载货的货车。23点左右回到了工厂。经一夜的休息，旅途的疲劳完全恢复，第二天开始了工作。

爱 的 旅 途

父母的希望与第一次通信

父母把儿女养育成人，在不同阶段有着不同的希望和要求，总是希望儿女早日成才。总是千方百计为儿女动脑筋、想办法，希望儿女早日成家。

1961年，我已经26岁了，个人问题还没有一个头绪，又在外面工作。父母对我这个事情非常重视，每次我回家时，父母总是一堆的问题和要求。哥哥和建高也向我提出了建议和希望。总结起来不外乎以下几方面。

第一，我的年龄也不小了，个人问题还没解决，不能再拖下去了。父亲千方百计地帮我介绍。可是我对这个问题总是不很迫切，弄得父母摸不清我的心思。他们很是费脑筋。

第二，家中人口多，父母的负担重，经济上不能给我多少支持，要求我自己注意节约，平时多攒点钱，结婚时用。

第三，让我想想办法调动一下工作，尽可能离家近一些，大家彼此方便照顾。

以上所述，其实我也久有考虑，能否实现呢，存在很多很多客观原因。怎么办呢？只有耐心地等待时机，要看缘分。

光阴过得真快，离开家已两三个月了。5月20日中午接到永清小堂叔的来信，心中十分喜悦。因为我们之间好久没有通信了，我回家的几次也没能见到面，这样一晃五年过去。小叔来信主要是给我当介绍人，来信征求我的意见。

25日中午又接到父亲的来信，也着重把小叔给我介绍的那位女朋友做了介绍，并同时邮来她的一寸相片，要我立即给小叔和家里回信表明自己态度。我一时很难答复他们，但也不能不给他们回音。所以就给父亲和小叔的回信中表示不能确定，用了很多迟疑不决的词语，使得他们不好进行下一步工作。经过父亲几次来信追问，我的思想开始活动起来了，于是给那位女朋友第一次写了信，那时已经是6月22日了。我和她——赵月萍素昧平生。这次经小叔的介绍，我们之间充满着美好希望的信已经寄出了，通过这封信看看对方的动态。7月1日是伟大的党的生日，这是有历史意义的一天，在这伟大的节日这天，我接到了她的来信，加倍喜悦。由于是初次通信，双方都没有说什么具体问题，事情的发展如何，在今后的通信中互相交谈。

到9月20日，我们通了七封信，交谈了不少情况。每次接到她的来信，我都是高兴地看两遍后再给她回信。在通信中谈得情投意合，对今后的生活等问题也有自己的打算。

9月18日中午，刚给她回信两三天，就又接到她的来信。拆开看后，得到一个非常不幸的消息：她父亲在阴历八月初二早晨四点左右去世了（9月11日）。21日又接到父亲的来信，把她父亲去世之事也转告了我，要我在老人"六七"前回来，一则办我们的婚事，二则处理老人的"六七"之事。因为她是家中的独女，一切都要靠我。我同意家里的意见，准备提前几天回来。

结　婚

10月6日，我打了婚假报告。因我本年度的探亲假在春节中已用掉，所以这次只批了七天婚假，其余的按事假处理。

10月10日晚，小街上没有三轮车，我和曹锡冲同志一起走到长乐路，乘上三轮车来到建康路车站。和曹锡冲分别后，我来到下关火车站，买了205次车票，22点左右离开南京。24点左右到了镇江车站，下了火车，没有汽车送往轮渡口，只好请人力车把东西送到轮船码头，自己步行到渡口。这天有加班轮渡，凌晨3点钟我渡过了江。6点多钟在六圩上了汽车，这辆车行得比较快，下午2点多钟就到了大中集终点站。到三龙镇的汽车是第二天11点钟，可是今天有到四金河的车，我又搭上这次车，下午3点多开出大中集。到四岔河下午4点多钟，请不到二轮车到三龙镇，只好步行回家。这次回家行李较多，行走困难。走了三十多里，到家已经很晚，大多数家人已经睡觉了，我父亲还没有睡，连忙给我弄晚饭。

第二天（12日）清早，父亲到西边借了两辆自行车，我俩一起到小叔那里。在小叔家吃了中饭，父亲先回家了。小婶母又为我煮花生吃，玩了一刻小叔还没有回来，我又步行去窑厂。在窑厂遇到了小叔，详细了解了赵月萍家的情况和她本人的情况。本来想到她家去探望一下的，但是由于小叔前晚回家去，在他办公室内发生了偷窃事件，他现在要处理，今天不能过去了。约定明天到大桥口会面后一起前去她家。

当天中午在小叔家，遇到了赵月萍的外祖母，也是我小婶母的母亲。她很热情地述说了月萍家的情况，希望我一定到她家去生活，把我当作顶梁柱，希望我担负起她家的重担。当时我没有暴露自己的想法，只是潦草地谈了几句，表示感谢她们对我的期望。其实对我来说都是一样的，因我在家的时间比较少，就是有一些顾虑：不知她家的底细；被人家说起来——招女婿不好听；更重要的问题，将来两人有了摩擦，可能会说不好听的话，那就难办了。因此有一点顾虑。

第二天起床后从二妹家回到父母那里，早饭后，我步行到大桥口，在那里玩了半个多小时。小叔从东面来了，一起到赵月萍家。月萍去生产队劳动了。她母亲在家做针线，见我们去了，连忙起身让座。然后忙办中饭，同时又把月萍招了回来，一起忙中餐。我和小叔在剥毛豆，月萍回来了，先招呼了寄父。接着随便问了我一句："你什么时候回来的？"这是我们面谈的第一句话，我也很自然地回答了。吃过中饭，月萍在洗锅碗，小叔就开始提起我们的婚事，首先把我这次回家的时间和目的向她们交代清楚，然后再征求她们的意见。当时月萍的母亲认为不能这样快处理婚事，因月萍的父亲刚去世。可我又是请了婚假回来的，这怎么办呢？只得暂时含糊着，没下结论。她也提出要我在她家生活，问我同意否。我说回家和父母商量，没有肯定，还说："我一年中只有几天在家，哪一方都是一样的。就是月萍到南面去，我出去后，她仍旧回来和母亲一起生活，不能把你丢下不管。"但是没有谈出一个具体方案。后来小叔回窑厂去了，叫我待在这里玩。我本来想玩一会儿就回家去的，但是月萍叫我一起到北面场部去换油，一路上两人交换了一些意见。她的主张和她母亲的意见大体上相同，根据实际情况，她家中无其他子女，确实要我在她家比较好。月萍如果出嫁，家中只有母亲一人，月萍母亲又有慢性病，无人照顾是不行的。我没有向月萍表明自己的观点，说回家征求父母的意见。从场部回来后，我准备回家了。月萍没有准许，留我住了一宿，我一直玩到第二天下午才回家。隔了一天（阴历初八），是岳父"五七"之日，我又前去玩。下午回家时，岳母从西边回来，把我们的事情决定了：因岳父去世不久，如果进行结婚仪式，穿红着绿是不行的。阴历九月初十是好日子（阳历10月19日），到那天两人同房就行了。这样别人也不会有什么言语，就是有什么问题，事情已经办过了。

事情已经决定了。我和月萍一同来到了南边渡河口，她去外祖父家借自行车。我回到家把情况向父母叙述了一遍。第二天（阴历初九，阳历17日），两人决定去大中集。早上月萍从西边骑着自行车来了，在后面堆上等着我，没有到我家来，她带我到三龙镇。我到哥哥那拿了自行车，二人各骑一辆车，边走边说。不知不觉到了四岔河口，在河西商店里玩了一下，又到新丰镇玩了一下。吃了午饭，一起又来到了大中集，两人照了三寸相片，她又照了一寸的，然后玩了一圈，就直往东而来。到剪棉衣的那家拿东西回去，由于没有剪好，在那里又等了一下。等他们整理好，把东西包好，我们就回家了。在回家的途中遇到寄兄——施复康，因好久没有见面了，又谈了几句。回家已经很晚了，她一人向北回家了，约定我明天去她家。18日，我们又一起到公社里去领了结婚证。月萍把她做的箱子等东西用自行车带家去。19日我吃过早饭，骑着自行车去她家整理一下。中午本来要回家的，因是外祖母周年纪念，北面的舅舅都会来，但这天因下着小雨，我一时不能回家，后来雨不下了，我走了一段路，忽然又来雨了，又回头等在月萍家中继续整理房间。

今天是我结婚之夜，因有种种原因，没有举行什么仪式。也没有外人来，只有月萍母亲和我们夫妻俩。晚上，我们一起剥了一会儿棉花梭子。在睡觉前月萍母亲为我们煮了团圆（汤圆）吃，我吃了两个就先上床睡了，然后月萍等母亲熄了灯也上床了。从此两人同床生活，度过甜蜜的夫妻生活，扎下永恒的感情。定下了终身大事，有福同享，有难同当，一心一意建立幸福的家庭。

几天后，我回父母家把自己的衣服等个人用品拿到月萍那里。临离开父母时，爸妈叫我们两人明天一起回来，就是做结婚满月，这是当地的风俗习惯。第二天我们回来了，见过父母、祖父母、舅舅、二叔二婶、三叔三婶、三祖母、小婶母，以及妹妹等。大家欢聚一堂，为我们祝贺，为父母祝贺。这次父母办了两桌酒席，招待了亲友们。下午我们夫妻俩和小婶母一起回家了，临走前长辈们给了我们串礼钱，这样弄得我非常为难，因我没有给长辈们任何东西。因母亲把所有的礼钱给了月萍，推脱不掉，只好收下。

阴历九月十二（10月21日）从父亲那里回来，月萍东奔西跑忙借东西，我又舂了一桌高粱。这时天已经很晚，因是岳父的"六七"前夕，有人来配"六七"了。由于定的豆腐等没有拿到，那晚香台上有些不像样，背后也有人议论。这是因为我对这些事不懂得，事前没有做好准备，又加之我刚去她家不了解情况。这天一夜没有睡觉，忙碌着一些必要的事，还有人替岳父念经。到第二天下午，我和月萍才睡了一会儿。晚饭煮好了，岳母喊我们起来吃晚饭。姨娘们叫我看纸牌，我只得陪她们玩了一刻。第二天我扎了两把扫帚，又和姨娘等来了十四张，我又陪着她们玩了一上午。中饭后，姨娘等人都回家了，我送她们到南边渡船口。月萍把借的东西都还了人家。

在岳父"六七"这天，由于风大，有时有小雨，不能把"库"装起来化掉，只能把"库"和棉衣等到断七化去，这样带来了一些问题：岳母做事不果断，人手又少，我看到也感到有些憋屈。因刚去那里，对她们一切还是生疏的，尤其是对她们的个性还是不了解的。所以一切事情都是听取她们的意见，任由她们行事。

阴历十五（24日），父母叫我们一起去玩。这天早饭后哥哥又来叫我们，并把我岳母用自行车先带去，我夫妻俩走去的。在哥哥家吃了晚饭，我夫妻俩回家，岳母住了两夜。因第二天下雨，我夫妻俩在家无事，睡了大半天。阴历十七上午，岳母和我母亲一起过来，母亲在这里也住了一宿。第二天，我和月萍同母亲一起又去大妹和祖父母家玩了一趟。吃过晚饭，又回到父母那里住了一宿。阴历十九，本想去小叔那里玩的，但因建高叫去玩，没有去得成，下午回家了。

在家中帮助种了两天蚕豆、麦麸。阴历廿三我又到父母身边，本来要到二叔家，因父母这里没有人去，故我也没有能前去，辜负了二叔的希望。第二天，我把结婚买的皮花送回了家，想再带月萍上父母那里玩，但她已经走去了，我又骑着自行车过去。阴历廿五，两人又从场部来到小叔家玩。见到二姑母，这是我记事后与她第一次见面。下午和月萍一同到黄干父母家（也是月萍的姨娘家），吃了晚饭后回家。一路二人又谈笑一些杂事，到家后不多久，月萍就和母亲叽咕了起来：主要是为月萍外祖父的生日问题。阴历廿七，我和月萍一起来到了外祖父母家，在这里遇到月萍的小舅、舅母等人，交谈了一些情况。下午我夫妻俩一起回家了，为我回厂做了准备。

阴历廿八下午，岳母去生产队开会了，我和月萍一起来到父母那里。阴历十月初一早饭后，父母、月萍、三妹、哥哥、三弟等把我送到三龙车站。汽车开动了，我和他们分别了，来到了大中集汽车站，买了第二天到南京的联行票，就找旅馆休息。在车站遇到了久别的老同学——邱素珍，她已经高中毕业了，据说已分配了工作。二人没有多说什么，握手告别了。

这次回家办理婚事，由于各方面比较简单，既没有办什么东西，也没有进行什么婚礼仪式，所以没有多大的开支。我回家身上带有现金近200元，回厂时给岳母和月萍50元现金，父母那里给了50元。但是父母给我买了一只箱子，12斤皮花（约用18元）。回厂时，父母把30元仍旧给我，但我没有要，留给他们使用了。到厂后，我身上还有60元左右，这里有亲友们给我的串礼钱，约二三十元。这样看来没有用多少钱，因为有些东西我提早做了准备，办了丝绸被面一条、布被面一条、被内面（里子）一条、床毯一条、枕巾两条，给月萍绸料衣料一段（17元左右）、裤子一条，还有化妆品等。杂七杂八的东西计算一下，约

200元。

1961年的探亲假，我在春节中用去，这次回家只给了七天婚假，其余的时间都按照事假规定处理，共扣去21.87元。

结婚了，有了家，也就不免考虑到家中的事务，尤其是月萍的母亲长期有病，不能参加劳动。月萍又是刚离开学校，失去了父亲，走上独立生活的道路，又没有姊妹兄弟，一切事情都落在她身上。这就不能不使我的思想也加重负担。

回工厂的第二天（11月10日），秦修生主任找我去，把我的工作调换情况谈了一下。从此，我不再干电台工作，把电台的工作都交给王福民同志。我被调到测试记录组工作。搞这项工作，我感到自己的视力差，当时就和秦主任说明，但是他叫我先干干看，有问题以后再研究。

由于家庭建立在农村，又离得较远，生活上很不方便，但眼下一时也没办法解决。

加入青年团与月萍来宁

入伍后对入团有了认识和要求。1956年我已22岁了，在南京公司通信枢纽部三支部时期，团支部书记是张龙。2月18日，我填了入团申请表，当时介绍人是陈文华和王效忠。经过团小组的讨论，经过支部会议的讨论，又经党委会的批准。4月3日，我成为一名正式团员。到1961年，我已入团整整五年，在团内也起到了应有的作用。我已经28岁了，已超过了退团的年龄。

1962年1月14日，团组织召开了超龄团员会议。第二天我打了申请退团报告。2月1日支部大会时，支部书记孙佳琪、副书记王开义宣读了我们的退团名单。1958年下半年，在蚌埠机场时我曾经申请过入党。党员闫永安同志做介绍人。后来由于闫永安同志去西安航校学习了，我自己也不够努力，不愿留在部队。转业到南京市国营513厂，分配到机关一分会后，我有几次想写入党申请，但又考虑到自己做得很不够，所以一直迟疑到1962年1月14日，在退团的同时，又写了一份入党申请书。

我有愿望入党，但必须严格要求自己，积极争取才行，当然还要经过党组织长期的考验。

我结婚几天就离开了家，离开了新婚之妻，漫长的几个月过去了，1962年的春节终于来到了。月萍的来信中一直没有确定哪天能来南京，我以为估计要正月十五以后了。没想到2月18日（阴历正月十四）下午三点多钟，魏仲连组长接到秦主任从宿舍里打来的电话，说我的爱人来了，在我宿舍门口。当时我将信将疑，认为组长和我开玩笑呢。后来，他叫我拿钥匙回宿舍。我十分高兴地回了宿舍，这是我们夫妻第二次相逢。说什么呢？但当两人见面时，便很自然地出口就问了一句："您什么时候动身的？"我把她带进宿舍后，又回办公室打了一份家属来厂解决住房报告。经秦主任批复后，我和顾忠顺同志一起到行政科，找到了老陶。由于暂时没有空房子，就先把月萍接住在母子宿舍里。两三天后，我自己找到一间破旧的草房，搬了过去，便开始一起生活了。

月萍是2月13日（阴历正月初九）从家出发的，预计第三天从大中集买汽车票到南京，但是没买到汽车票，只得乘轮船，但又错过了开船时间，只好乘了二轮车到新西团才乘上轮船。初次出门，对路线不熟悉，又比较慌张，所以路上走了三天多。2月18日早晨到达南京市轮船码头上了岸，走到1路汽车站（下关火车站的地方），到了终点站（健康路），没打通电话，就走到我的住地。很了不起。

2月19日（阴历正月十五）是月萍来南京的第二天，刚好是我的补假日。两人去夫子庙、鸡鸣寺玩了一下。在玄武湖欣赏了风景，游览了动物园，吃过午饭，又到溜冰场看了一下，参观了齐白石等画家的画展，两人合影。然后从玄武湖公园出来，先到鼓楼百货公司玩了一会儿才回家。

后来又带月萍在大光明戏院看了淮戏《献妻审妻》，在人民娱乐场看了自行车走壁，看了电影，在秦淮工人文化馆听了相声。到新街口也玩了几次，在大华电影院看了《小刀会》，在中央商场给她买了一件上衣。有一次去中山陵，在大行宫没有等到汽车，天气又不好，故和李由夫妇一起中途返回。直到3月7日，两人从新街口乘9路汽车到中山陵灵谷寺游玩。在灵谷寺那里吃了中饭，到音乐台玩了一会儿，又到中山陵前两人合影留念。又到过雨花台、陕西门，买了三瓶茶叶准备给她带回家。

月萍在南京的天数虽然不多，但是几家大的百货商场都玩过。这里的东西都是凭证和凭票购买，所以我们只有看看而已。尽管我们很注意节约，这段时间也花了80元左右，好像也没买什么东西。

由于春季到了，农村开始忙大生产了，而且家中只有多病的母亲一人，所以她在这里待不住，叫我设法让她早点回去。3月18日晚，我把她送到下关火车站，买了晚上8点30分的快车票。因没能买到大中集的联行票，只得到镇江后再买汽车票。她到镇江是晚上9点40分，下车后，因没有汽车、三轮车，就步行到轮渡口，在那里等到次日凌晨3点钟左右，4点多钟渡了江。在六圩等到6点20分上了车，下午3点多钟到了大中集，刚好有开往四岔河的汽车，当天赶到四岔河。次日又乘汽车，7点钟开往三龙，在三龙又遇到丁建高。3月21日到家中，第二天给我写信报平安。

春季到了，草木发青了，花也要盛开了。在我俩第一个春天里，播下爱情的种子，结下美好的果实，这是我俩共同的目标，也是父母的期盼。

眼下我的工资只有37元多，农村家中的情况也不太好，我们只有克勤克俭，过艰苦的生活。

她希望我能到离家较近的地方工作。我听说当年四月份可能有一批下放任务，但不知政策和方针，只得等以后再说。

探亲记

1962年的秋天到了，秋风阵阵，湖水荡漾，伴随着我思妻想家。父母来信中提到月萍身体经常不舒服，让我有空回去探望。月萍的来信中也提到一些婆媳矛盾，想要我回家一次。她在信中甚至提到堕胎的事情。这促使我觉得必须要回趟家，又加上正好是岳父周年之际。

这次回家本来和月萍说的是8月22日上午一定到家的，但因汽车上午不开，故延迟到下午4点左右才到父母家。我在父母那里住了一宿，不料第二天下了一整天雨，我又在父亲这住了一宿。回到家时已是24日下午。先见到岳母，而月萍去队里除草了，较晚才回来。

第二天开始我忙家里的活儿，打扫了卫生，整理了厕所，收割了自留地里的玉米，割了大半天烧锅草，翻了两块蔬菜地，并参加队里工作掰一天玉米，还做了其他各种杂事。

这次回家是按事假处理，因为我爱人在2月来过厂，按厂里的规定，家属来过厂，不给探亲假。回家共25天，而实际时间只有21天，这样一来就要扣去我全月三分之二以上的工资，这给我的生活带来很大的困难。仔细想想，这次扣我工资是不够合理的。我爱人来厂，受到厂里什么招待，住的是破草房，好多天后才找到一间破房。我觉得不满意，为此特打了一份报告，看上级是否同意解决我的困难。

二月份我爱人来厂一次，当时厂里没有住房，行政科先介绍到母子宿舍住了三四晚，后来我私自在厂里找了一间破屋勉强住了十七八天后爱人回家。

八月份爱人身体不好，我申请回家探望了21天。按规定家属来过厂就不再给探亲假，故作事假处理的。但是本人家庭负担较重，当前的生活水平又如此，每月工资只有30多元，这样给我生活上带来很大的困难，特请求领导上能否照顾个人的困难，把本人的事情补作探亲假处理。

呈

车间主任 转人事教育科。

205车间职工石鸣扬

9月24日

打了报告的同时，也把自己的情况向魏仲连反映（因他是组长）。他同意和领导上研究一下再说。直到10月5日下午两点左右，魏和我沟通了报告的结果："一是车间把八月和九月的出勤率已统计上去，厂里也做了总结；二是厂里有规定，我们不能破坏它，车间以前已对其他同志这样处理，你这里不能破例。你目前生活有困难，这是实际问题，我们再向工会反映一下。"最后魏又提出不要因此影响工作，以后有问题再交谈。

我虽然已经回厂了，但总是想起父母对自己的好。我返回时，父母给我准备路上吃的，又给准备回来后吃的炒面、炒黄豆和麻油等，又嘱咐我一人在外离家远，要自己注意身体，有计划地用粮用钱。

岳母身体多病，据说花了不少钱，也无法治愈。一旦复发，先是咳，后会吐痰、吐血，身体渐渐虚弱，病倒在床。大夫说是肺结核比较严重。所以平时常服些补品。平常身体好转些，也只能做些轻微的劳动。

月萍是春天来到我身边的，怀了孕后反应比较大，经常不舒服、吃饭要呕吐，无力参加劳动。故在这段时间内，劳动工分得到不多，劳动报酬也自然少了，就是自留地的收成也不如人家，生活上也比较困难。

我虽然整天坐在办公室里，但老是想起月萍和她母亲的希望和诉说，老是想起返厂时月萍难舍难分的眼泪。这确实是一个问题，丈夫好像走亲戚一样，一年在一起生活只有短短的几天，一切事情都担在自己身上，因此她越想越苦恼。有时暗暗地流泪。做丈夫的在这种情况下，也只有劝说一番。

远 行

在513厂已两年多了，干了一段时间电台工作（一年多），然后换岗负责观察、记录、测试等工作，已能单独执行任务了。干我们这项工作，不光要在南京地区试放，还要到外地去试验。目前阶段外地试放频繁，在外地的还没有回来，又组织人员外出工作，经上级研究后，决定叫我去东北担当试验任务。ZLS-2型伞是一种新型的产品，这次工厂组织人员是鉴定性试放，也是关键的一环。明年工厂将要生产，这次去试放的人员比较多，有军代表吕希科、检验科长郑炳涛、材料检验组长柴韶定、设计科设计员张慧琴、试验车间技术员郑宏虎、记录组长魏仲莲、记录员我，七人组执行这次任务，决定明年工厂能否生产等问题。

1962年11月17日10点多钟，从浦口火车站上了车，这次乘的是卧铺，途中经过若干个火车站，如蚌埠、徐州、济南、天津、唐山、北戴河、山海关、锦州、沈阳等，从沈阳转车前往吉林省怀德县公主岭，在途中经过两天两夜的行程。走了六个省份，11月19日下午两点多钟到了目的地——公主岭基地招待所。

东北的气候干燥又寒冷，11月20日前后，这里已经是零下7度到零下18度了。而在南京地区还是零上15度到零上23度左右，在那里工作了十天光景，幸亏没有遇到大风、下雪，提前完成原定计划，可以返回工厂了。

28日下午4点40分乘火车离开公主岭，到了大连，走出了火车站。前面就是大连旅社，在那里住了一夜。大连火车站有楼上和楼下，是仿照日本东京车站式样。我们在那里玩了大半天，宽广的马路，高大的楼房，百货公司是几层楼的。下午乘着有轨电车来到海港口轮船站，爬到老高的候客室。29日下午3点上了和平45号海轮离开了大连。

12月1日9点多钟，海轮在上海靠岸。六人乘了一辆吉普车来到了上海北站，在浙江北路安乐旅馆住了一宿。到南京路上第一百货商店和其他各商店玩了一天多。上海市的东西多，花样多，布置得整齐美观，但是上海市的街道没有大连宽阔，也没有南京市的宽阔，就是街道多，如果不注意就会迷失方向。

12月2日3点50分，我们乘晚班火车返回南京。

这次远行，见识了祖国的辽阔，我感到祖国的确伟大。

家 庭 生 活

第一个孩子与见孩子

婚后不久，我回到了南京，二人同房时间很短。1962年2月18日月萍第一次出远门，来到南京市。这是我们第二次相见，在一个美好的春天里结下美好的种子，小宁春就是这次有的，故把孩子的名字叫宁春。

月萍在我这里待了一月光景，回家就发现怀孕了。预计到生产时我不能回家来照应，只有月萍自己吃一点苦。我父母等都相距较远，照应是不周的。要是到我父母那边去，估计也存着一定的困难。总之左右为难。在生孩子前后我只邮了35元钱给她，这方面我做得很不够，没有能尽到做丈夫的责任，今天想来也觉惭愧。

我1962年去吉林省公主岭出差的二十多天里，先后给家里去过几封信，都没有得到回音，心中很着急，因为月萍到了预产期，不知情况如何。隔了好些日子，月萍来信了，信中说：孩子于12月8日（阴历十一月十二）早晨出生，是个男孩。产后大人的身体不十分好，吃饭也甚少，故没奶。后来去支队里弄到羊奶和牛奶吃了几天，大约一个月以后才有奶。大人也健康起来，我才稍微放心。

春节我没有回家去看望他们，准备把1963年的探亲假用在刀刃上，例如岳父化位时等。

说实在的，孩子出生已经五个多月了。我还没能见到孩子，更主要的离开了月萍已经九个多月了。她现在长得比过去更美了吗？很想回家见见他们。由于工作较忙，不能及时回家探望，只好等工作闲些，再回家去探望吧。

1963年的探亲假，本来打算等岳父化位时用。后来，因家中发生一些事情，月萍来信要我回家处理，但是什么事情没有告知。我去信提出这次把探亲假用掉的话，以后就没办法再请假回家了，不能怪我。她和她母亲都同意了。于是我就决定回家，一来看看孩子，二来把事情处理一下，消除分歧、加强和睦。

6月1日晚上10点乘了307路快车，离开了南京。3日3点钟左右到了三龙，傍晚时和哥哥一起回家，在爸妈那里住了一宿。4日下午借了丁建高的自行车回家了。回到家，岳母把孩子给我抱。今天抱到自己的亲骨肉，心情是那么激动，也不知道什么原因，总是想好好地看看自己的孩子。隔了一会儿，月萍也劳动回来了，大家一起高兴地就了晚餐，又逗了孩子一番，就休息了。

在丁建高那里了解了家里一些情况，回到家月萍和她母亲也说了一些情况，隔了五六天，在小叔那里又了解到月萍和我父亲之间的矛盾，觉得都是一些鸡毛蒜皮的小事，被传来传去走了样，闹误会。月萍的思想上，一时想不开，加之自己的身体虚弱，又看到人家夫妻在一起和和美美，不由感到苦恼。家务事难分对错，我也只能双方劝解。

这次风波，月萍觉得受到很大启发、得到很多教训，也怪自己的耳朵根太软了，肚量太小了，考虑问题太简单了，今后要吃一堑长一智。

6月9日下午，岳母要到北面我小叔家去玩，因她有些问题闷在心中。让她去谈谈也好。12日中午，岳母叫月萍前来和我说，叫我前去叫我父亲和丁建高13日来家玩，大家一起谈谈。她这样的用意和做法我感到是不对头的。同时事前也没有和我谈好，如果这样做，有可能把矛盾扩大化。我提出："有什么好谈的，您这样做想达到什么目的？"和岳母谈了一些道理，然而岳母对我的意见很不满，并说："你长期在外面工作，家中不管，我们怎么办呢？"又说，"你在外面不知是什么心。"对我起了怀疑，使我很生气，便说："你怕什么，有什么心？！国家有法律保护。"就这样争论了一番。后来我和月萍协商了一下，决定由月萍前去我父亲和建高那里，并把请父亲和建高来的目的告知他们，让他们考虑来不来，有没有必要。

到13日那天，小堂叔石永清、月萍干爹黄德风、二舅倪忠和等人来了，我的父亲和建高没有前来。这几人吃过中餐，岳母又炒了花生，我们一面吃花生，一面由岳母先谈起来，等她把问题前后说完。提出我的意见，提出我的情况。然后大家漫谈一番，总括起来有这几个问题：（一）问我决定待哪一边，要是待在这一边，就把一切都交给我们了，要我们去料理下去；（二）叫我回家，家中的事情月萍一人处理不了，又有了孩子怎么办？（三）岳父已故去三年了，最后料理一件事，如何办理？（四）房屋也需要修理，今年秋天如何处理？（五）等岳父化位时，应该返回来处理，并把这件事办得稍好一些，这样才能说得过去。从这些谈话中，也包含了岳母对自己养老的顾虑。对此，我一一解答：要是不愿意在这里，当初也不会来这里了，家中的情况是了解的，一定会尽自己的力量支援家中；岳父快去世三年了，到时候我一定向上级请假，能回来一定回来处理，并会尽全力；房屋坏了是要修理，不过根据今后的实际情况而决定，今天说再好也是不行的，需要量力而行。后来岳母又提："你为什么不回来？"还有生产队对我家中没有照顾，是由于我在外工作条件好之故，又要和月萍提出分家，但没有什么理由，大家一致地劝说，岳母也没有其他话说了，最根本的一个问题，岳母是叫我回来，不要待在外面工作，这样好照应家里，减轻她们的负担。

宁春这孩子，虽然出世只有几个月，但生得白白的皮肤、圆圆的小脸、小小的嘴和一副神气的眼睛。他见人总是喜欢笑。只要轻轻一逗，他就会咯咯地发笑，并和你"呀呀"地唠叨起来。六个月的孩子，已经能熟练地独坐着，有时也能倚着东西站着。由于家中人少，很少有人理他，他母亲常在队里劳动，半天不给他奶吃。和外祖母在家中也不吵。所以人们都喜欢他。这孩子的脾气生得也怪，高兴起来，一人半天也不吵闹，要是发起脾气来，怎么也哄不住他，一定要他的父亲去才能制服他。孩子哭起来，声音也特别，总是，"哎——呀——哎——呀——"要是没有人去理他，"哎"的时间长了，便慢慢睡着了，但还不时地喘息着长气，有时一人睡在床上，被是盖不住的，帮他盖好后，马上用小腿踢开。

回厂时间马上到了，在我回厂前，家中为我忙了半天，同时提前过了端午节，包了粽子，又做了圆子，18日下午又给我炒蚕豆，炒了花生，煮鸡蛋吃。整理好行李，把孩子抱了几分钟，和月萍岳母谈了一下，然后把孩子给月萍，拿着行李离开了她们。来到了父亲身旁，父亲为我也炒了蚕豆和麦麸，也煮鸡蛋，晚上又磨了高粱粉。第二天很早，父亲起来办午饭。母亲身体不太好，还是那么操心，起来做圆子。19日离别他们。

这次回家，家中放了30元，预计能用四个多月。我爹那里这次只放了两条自行车链子的7.46元。当时父亲推脱不收，并说了很多过意不去的话，后来经丁建高和哥哥劝说后才收下。这次回家前后共花了近100元。

理家事

我自从1963年6月探亲回厂后，和家中常通信来往，保持着密切的联系。不料到了10月份，岳母给我来一封信，信中提出要我把妻子、儿子领走。又后悔自己把女儿嫁错，嫁了一个不称心的女婿，又怪自己的命苦……我及时给她回信，提出自己的看法，驳斥她的言论，并等她回音。可是一直没有回音，后来我又给去信一封，又没有回音。我把这封信交给领导看，要求到春节回去处理。

由于家里状况不断，月萍心里非常苦恼。在12月30日的来信中竟说："要离开人间的生活或要断绝夫妻关系。"又提到和生产队闹了一些意见，要我去信解决。"我把这封信也交给领导看了，把详细情况反映了一下，想等到春节回家一起处理。

我一方面给生产队去信，说明我在外面的情况；另一方面集中来信的一些具体问题向领导反映，请他们帮助解决。我把两封信给行政组长、工会组长、车间主任、支部书记、工会主席等看，要求到春节我回家去处理一下。同时要求领导给生产大队去一封信，把我在这里的情况告知他们。领导上出面给新丰大队写了一封信，由我带回春节慰问款80元钱。

1964年2月6日（腊月廿三）下午4点左右，趁着雨停的空隙，我走出了宿舍，从铁路上来到了雨花门2路电车站。7日到四岔河正好中午12点，在那里吃了中饭，休息了一刻又迎着风雨继续向北走去，走到家大约下午4点。见过父母和哥嫂等人，换了衣服洗了脚。由于走了漫长的路，脚痛得很，脚指甲也起灰了。衣服都淋湿了，借鸣富的衣服穿，自己的衣服8日用两只烘炉烘了一天也没烘干。

9日（腊月廿六）和父亲一起到祖父母家去玩，又去拜见小叔和二姑妈。他们从启东过来探望祖父母，我们之间也几十年没有见过面了，这次是很好的机会。在路上又碰到外房三叔，一起走到二叔家。晚上回到了家，月萍正在吃晚饭，我也吃了半碗粥，又见到了儿子，大家一起高兴地谈说了一番。11日（腊月廿八）到大桥口去用黄豆换豆腐，买了几斤慈姑、盐就回家了，因要烧"过午经"。过年了，鱼肉都没有办一点，到了12日（腊月廿九）我又到三龙去了一次，又没有买到什么，也就没有去父母那里回家了。准备杀一只羊过年，但因借不到杀羊刀，也就算了。在家做了圆子，炒了花生、葵花子、南瓜子等忙碌了一天。大年初一吃过早餐，到坟上去烧了纸、磕了头。后来邻友们来我这玩了，大家一起说说笑笑，吃吃花生、葵花子。

14日（正月初二）吃过早饭，一车带着儿子、爱人到父母家拜年。先到大哥家，因父母都去大妹家，我们就在哥哥家吃了中饭。傍晚天气开始下雪珠，越下越大，天黑下来了，仍旧下着。我和弟弟冒着风雪，先回家来了。母亲从大妹家回来了，父亲还在南边，为祖父母对他们弟兄三人分家的处理方式，大家还在争闹，闹到大队去说理。又为祖父母今后的生活问题，弟兄之间进行协商和安排，所以没有能回来。由于雪下得非常大，行走也困难。

接连下了几天大雪，路也找不着，我们夫妻俩在父母那里也不能回家。一直等到17日（初五）雪已不下了，早上趁着冻，和母亲、三妹一起向北走去，我们回家了，母亲和三妹去舅舅家吃喜酒。我们回到家，就连忙去西边月萍的伯伯那里拜年。

18日（初六）很早就起来了，自己煮了早饭吃，踏着雪地去舅舅家，因舅舅的女儿出嫁，我前去过人情。晚上我和陈保林被外房二叔叫去，住在他家。第二天父母、大嫂、二妹、三妹也来了。在二叔家用过中餐，一起返家，到了家，月萍不在。岳母说也不知道她去哪里了，我就煮晚饭了，隔了一会月萍也回来了，据说是去西边看牌了。三妹在这里玩了一天就想回家，在我再三挽留下又玩了一天。20日（初八）下午月萍和三妹去南边大河边买鱼和蟹，回来后又去北边支队请认的姊妹明天来玩。我在家和岳母谈了半天，她首先要我回家，说家中的事情无法解决，和女儿不能在一起生活了。女儿的性格变了，不像小时候，对她不好。自己心里有苦没有地方说，也没有地方去，说靠女婿，我在机关上，说靠女儿，女儿自己很辛苦，对她又如此。同时我这个女婿对这个家一点作用也没有，"今年队里工作辅助1500分，合140元，你的自留地都在你父母那里，为什么不把户口迁过来呢？"对这些问题，我做了一一解答、说明情况，但是她的思想工作做不通。21日（初九）是月萍的祖父亡故纪念日，烧了经，这天的中饭是我办的。下午又和月萍、三妹一起外出，三妹回家了，我和月萍去生产大队。来得很凑巧，孙洞庆书记和蔡文昌队长都在，和他们见了面、聊了聊，并把厂里的信交给他们。由于我是斗龙大队的人，到新丰来没有办理手续。他们把信收下，提出了意见，这样做不符合手续。经过争取后来给予了办理。22日（初十）上午把一只羊处理一下（冻死的），下午又同岳母把那些情况解释了一番，但是仍然没有说服她。

23日（正月十一）下午到施惠宾队长家去，家中没有人，月萍回家去了。我去父母那里玩，由于当晚父亲被二叔叫去，同小叔讲理，我的情况没有能说出来。24日（正月十二）我到父母家，同父母把事情谈了一番。对自留地父母母亲早叫月萍去种，关于队里对父母辅助公分算的钱，因三弟今年结婚，家中不宽裕以后再说，父母心中有数。

到家已很晚了，吃了一点晚饭，抱着宁春在房内玩。因离回厂时间越来越近了，岳母的想法更多了，这几天她的身体虽不太好，可是睡在床上说了不少难听的话。对我说："这次把儿子、妻子带走，这里不需你们照应了，明天把石家的东西搬走。"这一夜她又谩骂了我们——烂心的、烂肺的、无头鬼、狼心狗肺、滚出去，赵家的东西你们休想得，我已看到底了……第二天清早她精神显得格外好，叫我们开箱子，她把自己的东西拿出来，叫我们准备走。早饭后我和月萍去翻茅草和芦苇晒，并准备整理一部分。哪知岳母就连骂带说，不许我们干活了，叫我们快走，把桌子、脸盆拿到外面。这时我也无法再忍耐下去了，就走到家里，整理好东西要走了。这时岳母把我的东西抢过去，要我把妻子、儿子一起带走。我说："你不说，我也得走，月萍和儿子是生在新丰，你赶他们走，你给他们办理手续，而且请你同你的父母谈好，同你的弟弟谈好，不是我们要走，等赵家有人来后，把事情交代清楚月萍才走，我一人来一人去。"她东西不给我，这时我拿了饭盒子、影集，换了球鞋就走了。从马路上向西走去，月萍出来叫我把一串钥匙和小刀拿去。我等她送来，她不给要我回去，我没有听她又向西走去。走了六七条田宽，月萍又追来了叫我回去。我看在月萍的分上，忍耐着痛苦从横路上走回了家，坐在家里越想越不是滋味，又要想走。后来决定先去岳母的父母那里，把这些情况向他们说明，月萍外祖父母对我很客气，留我俩吃了早晚饭回家。

2月26（正月十四）本来上午到父母那里后就回厂了，这天是老祖母的纪念日，父母烧经，但因月萍外祖父清早起来了，为岳母和我们之间的事，把我耽误下来，讲了一天的闲话。主要的问题，请岳母提出来，我们来解决。可是岳母前一句后一句的，翻前翻后说了一些。月萍外祖父从中加以提炼：一个要月萍孝顺母亲；一个关于我父母那里大队里给予工分辅助问题，想从中得到一部分。说来说去，岳母还是要赶我们走。对这个问题月萍外祖父的态度是劝说自己的女儿："你自己衡量自己力量，我们是照应不到的，自己好好地想想啊。"又说，"月萍对你不好，她已经愿意改正，看今后的表现如果不好再说吧。"然后对着我们，出了一些点子，叫月萍到老爹那里先借五六十元钱，看老的态度如何。如不行，抱着孩子去找斗龙大队书记或队长。我当时也提出了看法和对军属照顾的政策，并以月萍外祖父为例：对你大队的照顾，属于是谁的功劳照顾的呢？儿子自己已有家庭了，你怎么又有照顾呢？吃中饭了，西面的王能秀来了，是因早上岳母叫他们来的，又讲了一下午，结果只能把这些问题解释了一番。但岳母依旧要我们走，告诉我们赵家的东西休想得。这样的情况下，月萍和我的意见是：只要月萍外祖父同意，我们就走，但必须明确不是我们要走的。后经过月萍外祖父和王能秀的劝说，我们没有走。但是我当场提出："要我们走，现在就走，不能好就待在这里，不好就赶走。这样我们以后成无家的了，一年一年白费心啦。"后来月萍外祖父说："以后不许再提走不走了。"

3月27日（正月十五日）吃过早饭，我告别了岳母和儿子，和月萍一起去和父母辞别。下午3点左右，父亲把我送到汽车站。

这次回家很不理想，从离开厂就下雨，到大中集还是冒着风雨走回家，后来又接连下了几天雪。使我在家什么也不能干，房子也没能修理。回南京前，把修理房子的事情同父亲谈过，也叫月萍设法处理。和岳母之间的问题，同父亲、哥哥谈了几句，父亲和哥哥的态度是很明确的。父亲安慰我："这次算了，下次回来如你岳母还是这样，那就把东西整理回来，省得再受这些气。"哥哥也安慰我："放心好了，我们弟兄几个，不会亏你的，如果真的说叫回来，那样就回来吧。"我也有这样打算，下次回家如还有什么闲言闲语出现，也不愿受这个洋罪，还是回到自己父母这里好。

本应该是要办理手续，请请大家，弄得像个样子。但一方面经济不允许，另一方面我在这段时间内，虽然回家了四次，但是时间比较短，哪有机会来处理这件事呢。事情已经如此了，以后看情况再考虑吧。

娘俩来宁

夏天，天气炎热，汗水直流，晚上也不好安详地入睡。人们经过一天的工作学习之后，总是感到十分疲惫。8月2日（阴历六月廿五）这天的天气稍凉一些，下班后洗洗澡、乘乘凉我就休息了。

不知是过于疲惫呢，还是什么原因，倒到床上听着广播，没有多久就入睡了。其他同志回宿舍时的电话铃响、下棋的争吵等，我都不知道。正在甜睡之中，突然蒋志和把我推醒，说我家属来了，在大门口，叫我快起床去接。我没有理他翻了一个身又睡了，不一会王贞全又来喊我，"快起床去领，真是你的爱人来了"，并把我蚊帐挂起来。这时我还是不相信，虽是下了床。以为他们同我开玩笑，坐在蒋志和床边闲扯。这时他们都说："真来了，快到门口接去吧，刚才打电话来了。"我才穿上衣服，将信将疑往大门口走去。因月萍在以往的来信中没有说过要来，又加上现在是农忙季节，同时天气又热，所以我不相信她真会来。我到了门口，一看真是他娘俩来了。她的突然来到，使我感到不安。由于蒋志和提起，家属来了，没有地方住，他帮我把米振明爱人叫醒了，先住在那里，等弄到房子再说吧。当晚，月萍说农村现在闲些，放假十天，所以没来得及给我写信，就带着孩子来看看我，准备过几天再回家。

3日上班后，我就打报告要宿舍，魏仲莲组长（又是室主任）帮我联系房产科，要等到5日下午才有房子空出来。

这次月萍来宁，同1962年2月那次不同，那时是最艰苦的时期。现在生活比那时要好很多，市场上的供应大大好转。我已积攒了五十多斤粮票、两斤多油票。在这里玩一两个月没有什么问题。她自己去买菜，喜爱吃什么就买什么，但是她勤俭得很，都只是买最普通的蔬菜。8月13日去新街口买了一点东西，到玄武湖游玩了一下，逛了动物园。去夫子庙、雨花路玩了两次。22日到雨花台玩了一次，参观了烈士博物馆。在雨花路上一家三口合影。这次在宁没有到市内看一场戏或电影，没有乱花一分钱，去市内买肉都是走的，没有乘三轮车。

这次给月萍买了一件短袖衬衣、一条蓝卡其裤、一段棉袄外衣料、一段绸棉袄面料（都用布票），又买了一双塑料底布鞋，共花了24元多。另外给小妹家、哥哥家、大妹家和二妹家孩子各买了一套，由于是我们厂内部处理的，是平面卡玻隆和丁字绸做的，所以只收取5元左右。这些东西让月萍回家带给他们，表示一下我的心意吧，不能给每人买一件，感到遗憾。

现在是农忙季节，自留地生的玉米要收了，月萍又担任队里的记分员工作，也不放心家中的母亲，想早点回家。她在这里给我织完一件毛线衣后，8月30日晚饭后，我送他娘俩到下关，买了307次列车，但没有买到联行票。

这30天，我前后共花费了101.4元。是怎样用的呢？来回的路费算

20元，回家给她15元，买衣服共35.01元（其中我花5.99元，买小孩衣4.80元，月萍花了24.22元），其他照相、玩玄武湖、市内公共汽车费共花去3.47元，其他花费73.48元。三人在这里的伙食25元，给孩子买零食等花3.01元。另外没有弄到住房之前，在食堂里吃了三天，平时又买几次馒头等，又花饭票10多张，需要3元左右。

宁春已经虚年三岁了。孩子长得还好，大家也挺喜爱他，不怕见生，也不太吵闹，就是还不会说话，性格太倔强，不听话。看到好看的东西，不管有无熟人，自己跑着去玩了。犟起来也叫人无法治服他，一定随他自己的高兴才好。三岁了还在吃奶，用大椒和大蒜辣他，也不太怕，嘴张开哈气，过了一会又吃。在市内玩，看到五颜六色的灯光、琳琅满目的商品，他乐得到处跑，不要我们抱他，也不怕人多。总之这孩子生得很淘气也很怪，有时连父母都不要，跟人家跑，喊他不睬骂他不怕。真不能预料他的将来，今后要多培养、多教育。

岳母的亡故

家中一封又一封来信催我回家，岳母的病情十分严重。当时我如果回去，就得提前用1965年度的探亲假，那么四五月份爱人生孩子又如何办呢？很是矛盾。寄钱回家让他们去处理吧，岳母的娘家人又可能会啰唆。

不料1964年12月28日，下午临下班时，收到家中烧四角的信，信中说岳母已经病危，让我回家见一面。加上月萍的身体不太好，一定要我回家料理。第二天一上班就打了报告，当晚乘307次列车离开南京，30日路上一天，31日上午到了父母那里，吃过晚饭，由大哥、鸣富弟、丁建高一起把我送回家。丁建高、大哥在公社开三级干部"四清"会议，为了送我回家，请假一起前去看望我岳母。

到家已晚上7点多了。岳母已经弄到外屋睡了。月萍抱着母亲。邻友等好多人在这里玩纸牌。月萍的外祖母和大舅母在这里。我来到了岳母身旁，叫了"母亲"，问她"认识我吗？哪里难受，吃开水吗？"她也回答了我："石鸣扬，你回来了，我难过。"要坐起来要下床，又要睡下来，要吃开水。我弄了几次开水给她吃，就坐在她旁边。由于难受，她一会坐起来，一会睡下去，睡下去又坐起来，就这样直到下半晚就不行了。先是大口喘气，喊她也不回答了，直到第二天早上9点10分仙逝了（1965年元旦，阴历前一年十一月廿九）。

不幸的事情发生了。月萍叫王能寿的儿子去她外祖父、舅舅和娘姨家报信，又叫陈保林去裕华二姨娘和小舅家报信。我去三龙镇买垫材红布，又碰到赵学忠，把事情告知了他，并准备打电报。但看时间不早了，就去父母那里想告诉一声，但是父母已经向北走了。又到小姨娘家，也已经向北走了，我就回到了家。这时家中的事情大家帮助处理，尤其是王能寿、王能秀弟兄，张进龙、陈保祥等，真是尽力协助。我很受感动。

棺材料是倪进章（月萍外祖父）亲自为女儿选购的，已经弄到了家。31日晚上我哥哥、弟弟送我到家后，看我岳母的情况不妙，就回家去准备做棺材。不到两天，5个人就把棺材做好了。哥哥、弟弟、邢师傅没有拿工钱，王福元收了6元，另外一人收了4元。我觉得过意不去，临回厂时又给他们一人一包烟（玉兔0.42元）。这具棺材厚约4寸，共计花96.07元（包括木料、铁钉、石灰、做工、搬运等）。

岳母身上已经齐全了，做了五个领头，但由于未把垫材被和帽子买来。娘家不同意穿衣，拖拉到下午才办齐穿上。衣服共花费52.81元。

吹鼓手请一班，"库"扎三间，阴阳先生请一个。到了晚上了，填写"依姿"，烧"浪柴"，再戴孝。我主张还似月萍父亲那样填写。倪家不从，一定让我以儿子身份，因而引起了一场吵闹。考虑到这样拖下去不好，就同哥哥、弟弟、母亲商谈，母亲是想不通的。父亲不在，哥哥和弟弟谈一下，我们就同意了这样做，我写了"依姿"，烧了"浪柴"，戴了孝。

对发孝问题，早就谈过了，倪家提出了不少问题，一定要给每一家最大一个发"扎头"。对白帽不同意，叫借布票买土布来发。我父亲回家去设法弄也没能弄到。结果是买了一个土布（30尺花13元）凑合过去了，但倪家很不满意。

听说棺材要葬在家中，我及时请人出来说情，提到家中月萍和孩子，总之放在家中不便。棺材料也并不好，时间稍长就会裂缝。我回厂后，处理这件事更困难，还有一个经济问题。邻友、亲友再三帮忙说情，都无效。说什么死者要求在家三年，现在死者父亲主张起码放七年，还要给砌材屋，说什么埋在地里死者怕蛇的。甚至让小队和大队来劝说，都不行，当时也无法，只好放在家中。这件事麻烦了不少邻友，又麻烦了陈保林到四岔河买石灰，结果还未买到，真是难呀。吃的东西共花34.99元（烟、酒、鱼、肉、慈姑、藕等）。

事情一关又一关，倪家刁难我，到1月4日上午才算入殓完。这天吃过早饭，由黄德风（月萍姨夫）出来说："我们再同倪家说说，能'二七'把材料准备好，那么在你返厂前抬出去，把事情弄好了返厂。"可是倪忠和（月萍舅舅）借此说什么由于我们没有把砌材屋的材料准备好，所以不同意抬出。这时我出来反问，思想在先，还是行动在先？我父亲也反对了。这样就展开了一场激烈的争论。我也提出了看法："思想不通，怎么叫人家行动。"而倪忠和却说思想和行动是一致的，同时又牵涉到其他一些事情。由于大家的劝解，事情暂时就算了，大家也散了。我在家整理了一下，第二天把事情向正在三龙公社开会的开明大队、新丰大队领导反映，正好公社李书记也听到。领导的意见都说抬出去埋掉。故我决定"头七"里把这件事情处理了。但是当夜叫一些人帮忙，有一些人还是犹豫的。这一天刚好又是有事的人家多（腊月初五），结果七拼八凑，弄了八个人把棺材抬出埋了。

　　早上刚把棺材埋了，10点钟左右，月萍外祖母和两个孩子来了，一进门就推凳拍桌，嘴里不三不四地骂。找火柴，被邻友（王小才）拉住，又是劝说，但她不听。先说去公社，我父亲说烧过"头七"去，她说那就烧吧。后来我把车子准备好，她又不去了。我又去三龙公社，把情况同公社夏文书反映。我又回家来了，走到陈洪明那里看到家中门都关了。就问陈洪明父亲，他说："倪家老头子和两个媳妇来了，把月萍打得爬不起来，把门也锁了，吵得很厉害。"我就骑上自行车往北走，把自行车放到沈家，然后就到王能龙家。这时大队的刚队长在，月萍也在这里。刚队长是月萍叫来的，后来月萍外祖母和两媳妇都来了，由姚国全和刚队长等劝说。一直到晚上，她们都坚持要把棺材挖出来抬回家。最后两媳妇回家了，月萍外祖母被邻友及月萍留下来，又劝说了一番。

　　住了一晚，第二天吃过早饭，月萍外祖母到南边陈洪明家去了。我父母也回家了，10点多钟，月萍外祖父又来了。我照往常那样待他，请坐、吃烟。他只同我说了一句："石鸣扬，你主观地把棺材埋了，现在不同你说什么，明天再说吧。"他去找月萍外祖母了。我洗好被单，带着宁春到父母那里。晚上回来，听说月萍外祖父去北边小叔那里了，第二天（1965年1月10日）我同月萍一起来到父母家，准备去小叔家，但由于丁建高的自行车不在。月萍去三龙公社，把给公社党委的一封信送了上去，回来后我一人前往小叔家，在合德镇买了两斤红糖、两包饼干、两袋蕨菜，打算去中心镇，刚出合德镇，碰到月萍外祖父，我下车说：“公公你什么时间来的，到小叔家去了没有。”他回答：“老早来了，小叔家没有去。”后面我又遇到陈有忠，他说：“你公公同你小叔全协商好了，明天一早就向南了，你向东迎上去，还是向西去，随你，老头子叫瞒你小叔的，叫我不要说的，你看好了。”我考虑不必为难他们，就向西先找中心镇，问了那里的同志，又返回来找月萍叔叔。晚上7点多钟到了月萍小叔家，婶婶和妹妹忙煮晚饭，又炒花生。住了一晚，把情况反映给婶婶听。第二天（腊月初七）一早起了大风，刮得行走都困难。由于向南是顺风，等到10点多钟，我就回家了。顺着大风很快来到了黄家尖，但由于风大，渡河困难，在这里等了一个多小时。到了下午3点多钟，来到三区角，又拢舅舅家玩了一多小时，并吃了晚中饭。来到大桥口，给厂里寄了一封信，到父母那里住了一宿，把情况谈了一下。次日（腊月初八）到家，没一会儿王能寿和月萍叔叔带着一个“相风势”（看风水的）来了。月萍叔叔首先征求我的意见，说明情况。既然是月萍叔叔的主意，我没有什么意见。就又把老坟基看了一下。然后到了家中，月萍叔叔趁机又提出：“倪家叫我赵家出来，想把外孙女（月萍）赶出，但是我不这样做，准备来各挑一半，这样对这次事情也好办了，对侄女有照应，侄夫也能安心在外工作了，另外我住的地方不太好，所以我这样考虑，请亲家公、侄夫和侄女也考虑一下行不行。我考虑这样做也好，对我们也有利，虽然少了一间房屋，但这次用的钱我担负了一半去。倪家提出赶走外孙女，我是不这样做的。侄女和女儿一样，并没有肚里包一包，女儿出嫁也花一两百元，再说也对不起死去的哥嫂。所以我这样考虑，凭天地良心我是没有想要这里一点东西的，要是想的话还不早提出了，就是嫂嫂在世时，提到这个问题，我总是劝她，还是自己女儿好打了不跑。这次‘头七’中，棺材抬出共花20.29元。”

时间过得真快，"二七"到了，这天倪家没有来人，只来了寄女儿，来了岳母的第三个妹妹，也就是我的婶婶。她进门也很气愤，问月萍"你的母亲什么时候被抬出去的，怎么不对我们说一声？！"接着又说了些不三不四的话，使我很怒火，对她说："今后有什么事找我好了，是我的主意。"后来留她吃了中饭，月萍叔叔同她说了不少话，她最后才消了火。别人对这件有看法就罢了，婶婶也出现这种情况，使我感到很遗憾。

我们同月萍叔叔交谈得差不多了，现在准备把家分一下。月萍叔叔回去把家搬来，又请小队干部来参加，可是小队干部提出迁移人口一人还可以，全家的话是不行的。这样一来，月萍叔叔考虑想在1月14日（阴历腊月十二）完成是做不到了。已经半夜了，张进龙和我父亲还等在这里。月萍叔叔从赵学忠家回来又重新表明了态度。当着张进龙、我父亲，及我们夫妻，还有他大儿子的面说："凭天地良心来讲，我没有考虑过哥哥这里的一两间房，我赵国兴说话算话，请侄女和侄夫放心。明天我到东南去，这里的事情小队已经保证了，如果倪家再来吵闹或打人，那么当敌、反看待，如果要砌材屋，那么请他们抬到开明去做。"1月15日清早，月萍小叔去倪家把情况反映于他们。倪家很不死心，叫月萍小叔哪怕分了拆一间去也好，小叔推说同侄儿去商谈。为了要分家，我又买了一些东西，共花3.74元。1月16日清晨，月萍叔叔父子回家了。

事情总算过去了，我又去公社同夏文书谈了一下。他说："你放心吧，没有什么事情了，他家小儿子倪忠成回来过了，也不同意他们这样的做法。你可以回厂了。对这件事，我是完全同情你的，但是农村的封建迷信还很严重，只能尽量说服他们，最好不要把事情弄大。"事情就这样了，我回家中整理一下屋内，把芦苇捆束好，又去麦地追施肥，理了一下自留地。在父母和哥哥家过了年，早上去二妹家吃了羊肉。19日到赵学忠和赵学明、黄竹才、王能秀、王能寿、陈洪明等家拜问，并感谢他们。我要回南京了，吃过中饭，月萍万分难受，哭出声来，使我心如刀绞，只好忍住心痛劝说她。后来南边陈洪明舅舅来了，趁机我就走了。

这次回家处理岳母丧事，共花了布票66尺、钱80元左右。另外借厂工会50元、新丰大队50元，新丰大队还协助25元，王贞全同志50元，陈仁喜20元，曹锡冲20元，方祥训20元，共235元。还有一部分是我近两个月来节省下来的。这事给我经济上造成很大压力，即使每月能积攒20元，也要将近一年的时间才能还清。因此我把情况向领导汇报，又打了一份报告给工会，可是工会认为：不符合规定，无法解决。

最有体会的一年

宁宝的诞生（后改名宁红）

爱人到了预产期，家中如何安排的呢？现在究竟怎么样了呢？放心不下，盼呀，盼呀。

一个多月过去了，既没有接到月萍的来信，也没有接到其他人的来信，我心中十分不安。孩子生了没有？月萍身体怎样，父母前去照应她了吗？我十分焦急，渴望能接到一封家信，一直到5月23日才接到月萍的来信，知晓了家中全部情况，心中十分高兴，也很放心。

5月3日（阴历四月初三）下午，月萍又生了一个男孩。我建议取名宁宁，但我父母和妹妹等人不同意，说不好听，故把他改叫宁宝

（红）。他是在什么样环境之下出世的呢？家中只有可怜的母亲和不到四周岁的哥哥。他父亲在南京工作，既照应不着他母子，也不知家中具体情况，一年只回家一次。所以生他时，在邻友们的帮助下设法接生下来。一天以后，他的祖母才赶来照顾他们母子。虽然生他比生他哥哥条件好些，什么都能买得到，但由于他父亲不在家，所以使他母亲的身体受到影响，一直拖拉到今天也没有好。

生他弟兄俩，我都没有回家，这是最大的亏欠，自己感到很对不起爱人和孩子，自己感到内心有愧。

生宁春，处在最困难时期，有钱买不到东西，但做父亲的千方百计设法弄到了8包维他素奶糕寄回家。生宁宝，寄回家50元钱，又给孩子买了15包奶糕。

再次北上与担心她的身体

10月9日和往日一样，吃过早饭，来到办公室。不过这几天我整天为这一批FD-2动载仪线表操劳着。上午11点，突然魏组长把我叫到欧忠顺办公桌旁，把上级研究决定告知我俩，叫我出差（本来叫欧忠顺去的，临时安排他了别的任务）并马上动身。事情来得那么突然，我毫无思想准备，但也毫不犹豫，愉快地接受了这一任务。13点钟，吉普车把我们6人送到下关火车站。

10月10日13点多钟到达河北省沧县姚官屯026部队招待站。十一航校由于飞行员、天气、飞机等情况，工作一时不能开展，结果拖了一个多月。在这里等得烦闷，每天只好看看小说、打打篮球，学习一下文件精神。

这次出差是我外出工作时间最长的一次，又加上爱人身体不太好，我更加心情烦躁，盼着早点回宁。还有这一时期厂里搞社教运动，早点返宁，好投入到这一运动中去，得到教育和锻炼。另外由于爱人的身体不太好，想叫她来宁治疗，在出差那天接到爱人来信，定于16日左右来宁。突然要出差，便复信叫她暂停来宁，所以也想早日回厂。

我们出差外地都是同部队打交道，所以住吃等各方面的条件都是非常好的，部队又很关心我们。伙食上厂里每天补助0.5元，自己花不了多少钱，除了工作外，各方面都是自由自在的。

当年我爱人一个朝气蓬勃的女青年，离开学校，参加了农业生产，在劳动中身体锻炼得很壮实。我第一次见到她，心中暗暗高兴，与这样身体结实的她结为伴侣，今后一定会更幸福，这是我爱上她的原因之一。

哪知有孕后，她的反应很大，一直到临产，我都没有回家照顾她。她怕麻烦体弱的母亲，常常自己暗自克制，所以落下了一些小毛小病，腰疼、肚内有虫、贫血等。我知道后，也没及时给她治疗，只是在信中关心一两句。

怀第二个孩子，妊娠反应比第一个稍好一点，但身体更瘦弱了。后来又加她母亲有病需要服侍，拖了两个多月，岳母去世时又奔走劳累，把身体拖垮了。又加在产期内没保养好，问题就更大了。

10月15日接到她的来信，我大吃一惊、坐立不安。信中说：经北边厂部医院判断，可能是肝炎和肺结核病。我很担心她这病，万一真是这样，对我俩都是灭顶之灾，不但经济压力更大，而且还会给孩子们带来灾难。所以我忧愁苦闷，晚上睡不好觉。直到12月又收到她的来信，信中说经三龙医院检查和化验，肝和肺正常，现在就是腰痛和咳嗽，才使我松了一口气。但由于她母亲是肺痨病死的，在世时她们在一起生活，是否会传染？三龙医院诊断是否正确？还是不放心。我最大的愿望和决心，就是把她的病治好，经济上的困难毕竟是暂时的。她的身体得到恢复，也能安心在家务农、做家务、带孩子。我也能安心在外工作了。

深刻的感受

出差回来已半个月，给家中先后寄了两封信，可是一直没有回音，发生了什么事呢？我十分焦急，尤其是爱人的病情如何了呢，究竟是什么病呢，两个孩子又怎么样呢？实是忐忑不安。

12月9日（阴历十一月十七）是我们厂休息日，上午我把拆好、洗好的短大衣送给人家翻做。下午同曹锡冲同志到夫子庙、三山街、雨花路转了转，回来时经厂传达室查看了自己的信，还是没有我的信。心中暗暗责备爱人，为什么到今天还不给我写信呢？真太不像话了，明天非要写信去批评她不可。晚饭时，忽然王贞全转给我一封信，一看是她来的，心中真是太高兴了，很快吃完饭，就回宿舍。

从来信中知道家中情况，知道她的病又经三龙医院检查，其结果不是肝炎和肺结核。我终于放心了一些。第二天我给爱人写了回信，另把她的一封来信交给领导看了。我觉得这样做会对前几天的救济申请有一定的帮助，因为据说工会已写信到生产队了解家中情况了。

她来信中告知我，30元钱和这次10元钱全收到了。对此，我感到很奇怪，我这个月没有邮钱给她，怎么她会收到10元钱的呢，我同高祥训谈起这件事。老高认为可能秦指导员邮的。但我怀疑是陈有才邮的。第二天到了体育锻炼时间，我和魏仲琏（代副主任）谈了家中来信的情况，并把信给他看，也把家中收到10元钱的情形反映了。这时他才告诉我，这钱是陈有才邮的，因经常学习中央精神、学习雷锋精神，尤其是经这次社教运动，小陈深受教育。他知道我家比较困难，把本来买被面的钱邮到了我家中。

我内心久久不能平静，非常感动。一个刚走上工作岗位的青年，我们相处时间又短，为什么能做出一般人都不做到的事呢？小陈的收入比我少，自己生活也很拮据，还寄钱到我家中！小陈同志的这种助人为乐的精神，我一辈子也忘不掉，也不知如何感谢和报答。同时对自己一直以来思想深处的"只管自家门前雪，哪管他家瓦上霜"，深感惭愧。

经济问题

过去对经济问题，我从来不会悲观。可是自从自己成家后，就有了这方面的压力，尤其今年以来，家中发生一系列变故。

岳母亡故，我欠厂里160元，对生产队也欠下50元。这一年往家寄了115元。我又给孩子邮奶糕。这一年里，我买衣服（包括给孩子的衣服）共花10多元，买锅制烘炉5.96元，买了一双鞋不到3元，买人造棉布8.5尺近5元，翻做了一件短大衣4元左右，其他再没买别的。自己平时精打细算，除了伙食费用，一文钱也不敢乱花，连发的布票都没有用（换下一年度的）。

终于10个月后把欠厂里的钱还清了。爱人在家也是克勤克俭地过日子，家乡遇到灾年后，一家四口全靠我的37.14元工资过日子。

南京与家乡等地之间

家乡的味道

社教运动期间，不太能请到探亲假。我外出工作了两次，还获批了探亲假，虽然社教运动参加得比较少，但对我的教育还是很深的，启发也是很大的。

1965年12月31日（阴历腊月初九）我从浦口乘坐直快列车，到刘庄下了车，当晚到了大中集，第二天到了家。这次回家，我预先没有告诉月萍，晚上也没有在父母那里过宿，借了鸣富家的自行车直接回了家。这次还请了三天事假，所以探亲的时间比较长，为家里做了不少事情。圈建厕所、追肥做麦行、修理墙、砌鸡窝、修了灶，整理了屋落和环境，又买了800块砖。恰好又在春节期间，一直忙于过年的事情，所以这次回家，除了去父母那里两次和大年初一到父母和大妹、祖父母家玩了一天外，其他时间一直都忙碌家务了。忙得连理发和洗澡都没有时间。

这次回家和爱人也发生了一些摩擦。我厌她做事不动脑、不彻底、不讲卫生、不注意自己和孩子的身体。一句话，厌她做得不好，厌她做得不对话。阴历腊月二十，吃过晚饭，为了蒸饼的事，我话说多了。她生了气，反说了我不少话。我也火了，丢掉面粉袋，上床睡觉去了，丢她自己干。最后她一个人把锅、碗洗好，给大儿子脱了衣服睡觉，又和好了蒸饼的面，同两个孩子睡在床的另一头。半夜一点多钟二儿子醒了吵闹，她起身给孩子煮吃的，看到面已发好了，便起床蒸饼。天气这样寒冷，她的身体又不太好，在家已经吃了不少苦，我觉得再僵持下去不像话，再说到底是夫妻，能有多大的矛盾。立即起床两人一起干。她烧火，我上灶，很快把饼蒸好了。

这次回家，第一次见到二儿子——宁宝，让我深切体会到撑好一个家的确不是件容易的事。两个孩子白天要管吃穿、冷热，晚上还要解决拉尿、吵闹。月萍一人管两个孩子，更不容易，再说她身体又不好，所以不能过分对她要求。

这次回家没有办什么大事，只买800块砖（32元），给祖父母那里四包烟（0.75元）、一斤红糖（0.70元），父母那里七包烟（1.40

元）、两瓶酒（0.96元）、一斤糖果（0.54元），给母亲买了一顶帽子（2.65元）。过年连烧经都没有干，岳母香台上什么也没有买，除做些圆子、蒸些饼外，什么都和往常一样。

娘仨来宁

1966年春节从家回厂后，在每月的来信中两人也吵闹过几次。这事不能全怪她，她一人在家拉扯两个孩子，要整理家务事，还要参加生产，再加上身体不好，所以遇事难免烦闷，在信中说些狠话也正常。她给领导写过两封信，主要就是反映夫妻不生活在一起，互相照应不到，遇到问题得不到及时解决，希望把我的工作转到家附近。对于这件事，我一直觉得来厂六七年了，还是个二级工，如果现在提出调动，到了新的工作岗位，工作生疏不说，调工资也比较困难，所以想看看再说。

对于她的身体，我一直放心不下。10月份，我想快农闲了，于是去信叫她来宁治疗，同时很久不见他们也很想念。开始时她犹豫不定，考虑到家中无人照应，难办。后来由于邻友们愿提供帮助（王能付家的照应），我又再次去信，月萍母子终于在1966年11月6日晚（阴历九月廿四）来到了南京市，这样全家又团聚了。

今次来宁，生活条件有所改善，粮票有100余斤（以往节余下来的），食油可以买到（议价的），另外魏仲琏送我10斤粮票、1斤油票。就这样，伙食上花去63元多，布票60尺全用了。在宁全家合影留念，到人民公园（玄武湖）玩了一次，回来经人民广场（古楼）玩，又到东方红广场（新街口）玩了两次，夫子庙和雨花路玩了两三次。带爱人在厂的诊所看了两次，经检查和化验，初步诊断是贫血和肝大。后来到南京市第一医院检查，结果肝没有问题，主要是贫血。共用4元左右（其中2元享受了劳保）。

在南京，两人的关系是很好的，生活还是可以的。由于家中无人照应，她老是惦记着家，又看在这里每天开销较大，几次提出要回家。月萍带着两个孩子回去，我不放心，所以我请了事假（共12天，实扣工资是8天），12月22日（阴历十一月十一）下午4点多送他们回家。

这57天的开支是很惊人的，共花人民币385元左右。主要情况是这样：伙食上四人共62元，穿衣上四人共55元，路费共32元，扣工资和医药费14元多，留在家34元，买自行车168元，其他花费10元，回厂买菜等又花10元。

电话与电报

1967年9月10日（阴历八月初七）10点左右，我正在厂机动连学习（护厂队）。月萍从家打来了长途电话说："房屋需要修理。我身体也不太好。"我电话里答复她后天回去。我回到车间，打了请假报告，11日动身到下关火车站，由于常州发生武斗火车中断，汽车也不通，轮船直开上海，但买不到票，我只好回到了工厂。第二天又去，结果还是不通，哪一天通车，不知道。就渡江到浦口，发现盐城的汽车早就中断了，什么票也买不到，灰溜溜地又到厂里。吃过晚饭，借了一辆自行车到大行宫那里打了一份电报。14日同事去溧水试放，说那里的汽车通镇江。第二天我就带着行李到溧水，同事把我送到汽车站，到镇江15点多钟。结果盐城的汽车不通，还好16日到盐城是通车的。我在车站等了一夜，次日买了汽车票，又坐第一班轮渡过了江，乘车到了扬州，转上了到盐城的车。出来江阴，一路上顺利地到了刘庄，又转车当天到了大中集。在大中集买了六只月饼。17日上午到父母家，下午回了家。这次回家真是不容易，多日不通车，独16日通了一天。

上午到父母那里，母亲在生产队场上晒花，看到我回来了，非常高兴。因为厂里给家中去了一封信，又加之我打了一份电报。这样惊动了邻友们，引起各种猜疑，结果出现不少关于我的谣言。有的说我在宁波武斗被打伤，有的说我被打死，厂领导给生产队打了几次电报，不给月萍知道。有的说我爱人在家急坏了，整天哭闹着要去南京，生产队不允许等。这些也传到我父母那里，他们也急坏了。今天看我回家了，怎么能不高兴呢？！也巧，就在这天（16日）晚上，宁春从仓库回到家，突然精神不正常，吓得月萍叫人打电话给父母。但因晚上接到电话又晚，鸣金哥、鸣富弟、鸣珍妹很晚才赶到那里。鸣珍妹等到第二天（17日）宁春好转了，上午10点多钟回来的。

这次回家除整理了屋内、屋基，修理了房屋（打了东山头和前面护笆），到队里拾了八九天棉花。一家四口到小叔和黄德风家玩了一天，到祖父母那里和大妹家玩了一天。又同父亲一起到舅舅家住了一宿。屋周围护笆坏了，我买了扎笆篾子，请父亲前来打了两天笆（10月1日和2日）。

10月15日清晨，月萍把我送到方强农场轮船码头。等到5点我上了船。这时东方刚刚发亮，我看着月萍打着手电筒，渐渐走远了，但是电光一会儿向我射来，一会儿又向我射来。我望着、望着她转了一个弯看不到了，才走进船舱，不一会船开了，我又渐渐离开家乡。

由于交通阻塞之故，我第一次乘轮船走了这条路线。一路经过很多集镇，如洋桥口、引水沟、三条港、海神庙、伍佐，10点多钟到了盐城。下船后走到汽车站，买去镇江的汽车票。结果不通车没能买到票，也不知哪天能通。怎么办呢？只好回头去买12点半的船票。在船上度过了26个小时，经过岗门、秦南、古殿堡、吴家、存庄、兴化、老阁、汤庄、张武坚、丸川、永安、邱墅阁、真武庙、杨庄、邵伯（因修闸，转船）等。16日9点多钟到达镇江，上了岸乘三轮车来到火车站，买了10

点多钟的快车票，11点多钟到了南京。下午1点多钟回工厂上了班。

这次回家，由于"文化大革命"，探亲假暂不给，所以请的都是事假，光工资上扣去41元，加上来回路费（包括市内的交通费和住旅社费等）的14元，途中吃饭又花去四五元。又给月萍买了两条裤子、自己一条裤子和一双鞋子等共47元左右。回到家后七花八花又用了几十元（到亲友家买了些红糖）。这次回家共花去150元之多。回家前向工会和小组借了80元，加上平时自己积攒的钱，总共交给月萍300元。回厂后小组出于关心，补助我30元。下发工资后，我全还给了工会。

祖父的亡故

1967年11月29日（阴历十月廿八）傍晚，蔡仕瑜把父母的来信送到我宿舍，当时忙于装半导体收音机没有立即拆开看，要睡觉了，才拆开父亲的来信。看着看着信，我的心情沉痛起来，知道了祖父已于11月10日（阴历十月初九）亡故。

祖父享年76岁（阴历一八九一年三月初一至一九六七年十月初九），是一个勤劳、朴素、忠诚的老实人，同土地打一辈子交道。育有三男二女，临终前，除我在外工作外，其他所有子孙都到身边送终。父母了解我的处境，经济方面拮据，尤其10月份因回家扣了一月工资，所以祖父亡故时没有要我回家送葬。

祖父的福气很好，孙辈子女几十个，重孙也十多个。卧病在床时，子女对他照顾得很好。由于祖父母住小房而独户，年迈多病时，我父母同二叔商讨后，决定先由我父母赡养，故把祖父母接到我父母那里赡养。

祖父重病在身，医治不见起效，故做年老的打算，把衣服、寿材都办起来了，这些我在家时已知。1967年是丰收年，收入多一些，所以祖母的寿材也一起办了。这寿材是在三龙农具厂办的（因为是鸣金和鸣富自己办的），材料比较好，祖父母都很满意。

祖父与我们永别了，但他的优良品德，我们永远纪念着。祖父安息吧。

去三线还是回到家乡？

火 灾

1967年12月24日（阴历十一月廿三）晚上九十点钟家中遭火灾。

这天我吃过晚饭，同曹锡冲在宿舍里聊天，突然徐应朴喊："石鸣扬的电报，是大丰县来的，加急电报。"我拆开一看"家中遭火灾速回"（电文）。我很着急难受。同事们也都为我担心。孙增寿（支队长）借我30元，叫我回去。王贞全帮我打电话到下关火车站询问车次。我匆忙简单整理了一下，又到办公室拿了20元互助金，自己平时节余下来73元，共带123元回家。

17点钟以后城内公交车就停开了。听说驾驶班有车子到市区，郭继轩同志用自行车把我送到驾驶班。又说到市内到下关的汽车不通了，怎么办呢？幸好周云祥在，帮我找张文明，说明了情况。用车把我送到下关火车站，郭继轩也陪同到下关。大家这样帮忙，我当时心中非常感动。来到下关火车站一看，晚上9点听消息售票。到时间后，我买到了605次客车票，25日凌晨3点25分开车。不知何故，等到凌晨4点40分才开至南京，到镇江市已上午6点多钟了。下了火车乘上三轮车（0.30元）来到了轮渡口，去苏北各地的汽车都不通。哪一天能通，不知道，怎么办呢？只好回过头来，到八号轮船码头，买了上午11点到盐城的船票。后来又不知何故，延迟到下午1点45分才发船。这样一次又一次地延误，我内心十分焦急又烦闷。经过了一站又一站，26日上午10点45分到盐城，又买了到方强农场的船票，到家时已经晚上7点左右了。当我走近家时，看到黑黑的一堆，回想起10月份离家时的情形，心中非常难过。从妻、子临时安身的房后转过来，到了门口一看，里面有灯光，手一推就进了门，轻轻地喊了两声："月萍！"两人四目相对心中有说不出的滋味。两个孩子已经睡了，月萍连忙给我煮晚饭，又给我介绍这次火灾的情况。原来是两个孩子在家用烘缸（冬天取暖用的炉子）取暖，结果把烘缸弄到了外面草堆上（离房子三四米远）。幸好只烧了一个屋壳子，部分木料还可以用，人也都安全。

初步估算，这次房屋修缮需要700元左右。材料得大砖5000块，石灰2000斤，茅草50担，长木1立方米，杂木0.5立方米，笆柴800斤。28日请赵学忠打了一份申请书，由生产队转到大队。29日我去大队，李仁才又叫把款项和各种材料分开申请，所以又重新写了几份申请交给大队研究。大队批了50元，报送公社审批；笆柴800斤由本生产队解决；大砖等材料等窑厂出砖后再批，申请报送公社审批，最后到县民政科审批。30日，我骑着自行车到县民政科。最后批了毛竹7根、杂木0.4米、茅草35担，到下设有关单位办理。哪知毛竹因河水结冰还在七里半没有进来，杂木没有好的，茅草在竹港（离家近百里路），一切暂时都无法解决。我从新丰镇到父母那里住了一宿，第二天又到斗龙大队，同严汉香队长、王绍福支书把情况说了一番，提出想迁移到斗龙来。他俩说："我们研究，你再同第五生产队谈一下。"由于五队在开会，我就回到新丰大队把去民政科的情况汇报了一下，对砖的问题提了一下。季营长说："你不要急，我们晚上再研究。"就这样很多事情没有得到落实。

我先把家里乱七八糟的东西整理起来。后又打了三份报告，两份交给新丰九队，申请借300元和补助200元，一份交给斗龙大队申请补助150元。结果呢？新丰九队补助了100元，借的钱就作为笆柴和砖头费用转账到生产队，斗龙大队的报告转到三龙公社，需要等待结果。

时间一天一天过去了，1968年1月8日又到新丰大队同季营长协商，结果是茅草确实没有办法，大砖给4000块。月萍了解到三里河那里有茅草卖。我第二天就到三里河，找到王信帮，又碰到队里的小施，弄到2437斤，共花费373元。10日鸣初弟帮我一起把茅草拉到家，把生产队笆柴667斤也拉到家。这时候我开始整理屋基。

茅草不够，生产队帮忙到地北边农场用豆秸（秆子）换给我20担，由于农场的茅草部分从杂草里拣，所以各家都派人去拣，我俩还叫了两人帮助。突然厂里派来了两人（李喜寿和魏仲琏），他们代表支队和厂工会，到生产队和大队了解了情况，安慰了我们一家。对于我的问题，厂革命委员会还没有成立，第三线还没有落实，所以对我一家迁出不能明确答复，只有等他们回厂反映了情况研究后再说。他们到了盐城给我一封信，说给我订了2000斤石灰，但要等春节后开窑，还是没头没尾。他们回厂里几天后又给我来了一封信，说厂里经过研究补助我200元。

这次在家时间较长，事情处理得也比较多。感到又累又苦又冷，很多事情得不到解决，十分苦恼，又很着急。加之这天月萍又去打扑克，我更加火了，就在她身上出气。人家欢欢喜喜准备过年，而我们呢？连一个安身的地方都没有，怎么还有心思去玩乐？我带着一肚子气，踏着积雪，到了父母那里（1月20日），也没有和月萍说一句。在父母那里，晚上同舅舅详聊了我的想法：或者我回家，或者把月萍带出去，或者迁到父母这边来。舅舅建议还是迁到父母这边比较好。21日（阴历腊月廿二）鸣初订婚，他的未婚妻和岳母来父母这里玩。请了两桌酒席，北边三叔也来了，三叔的意见也是迁移到父母这里比较好。第二天一早回到家，我把想法同月萍淡了。决定今后有条件外出工作，现在先搬到父母那边。她也同意了。在王能秀家，我找队干部商谈，王能秀、陆业成、沈炳其都在。他们没有意见，要斗龙那边开接收证就行了。

24日（腊月廿五）借了两艘船先把窑上4000块砖运到斗龙。天气冷，河水结冰，我们弟兄四人就用棍棒敲冰前进。鸣富拉船，鸣初掌舵，我把船头。刚行了没多长距离，我一不注意一下子滑到了河里。连忙爬上岸，把手表给鸣富弟，自己跑到父母那里赶忙把衣服换了，又去拉船。25日一早，把船从后横河拉到后头，父亲和赵连群、陈保林、萧正华全来帮忙。中午，我和大哥到西边河口，站在冰冷的水里，挖了两个多小时，才使船通过。这次把我冻得关节痛，行走困难，去三龙医院打了一针，吃了药才好转，而冻疮烂了几月才好。一块石头把哥哥的脚弄破了好大一块皮，流了好多血，总之这次大家吃了不少苦，到家已经傍晚了。26日，想把剩下的砖全取回来。吃了中午饭，东北风更急了，又下起鹅毛大雪，怎么办呢？还是大哥的主意，我俩骑自行车先去收拾东西，其他人划船过去。冒着风踏着雪我们出发了，下午3点左右船到了，急急忙忙装运，但风还在刮，雪还在下，全装好已经很晚了。东西装得多又是晚上，我又关节痛得不能走动，但大家还是决定连夜拉回家。月萍一个人拉一艘船，一个妇女，在这样的情形下，一步一滑，弄得满身泥水，实是吃尽了苦头。到家已经午夜了，所有人的衣服全湿了，又冷又受罪。29日（阴历腊月三十）天气有了好转，我也去把柴草一点点取上岸，下午鸣富、鸣初和父亲一起来把剩余的东西全部取上岸。30日（正月初一）上午我俩整理灶房屋基，鸣富夫妻俩也帮忙挑了几担。31日，和月萍拉着船，带着粮，又到新丰九队整理了两天，把碎砖、烂草全部装回来。准备先砌一间灶屋，暂时住在里面，等石灰材料全了再砌朝南屋。由于天气冷，挖不了地基，就用砖先垒起来。经过几天的忙碌，2月8日（正月初十）终于砌好了，有了暂时安身之所。这全靠父母的帮助，还有鸣金哥、鸣富弟、鸣初弟和丁建高等人。22日挑了屋基，把料、油、户口关、自留地等关系办理了，由于隶属不同的公社，所以还经过公社转。

发生了火灾，月萍给她叔叔去了一封信。不久她叔叔给了回信，又邮来10元钱，还叫我们过去玩。

我们到新丰九队问了茅草，由于茅草要的人家多，把我家的计划全分光，又得不到落实。我思想上产生了用瓦的念头，也就随便起来。又考虑到如果去支援第三线，能把一家人都带走，所以产生了做两手打算的念头。我要回厂了，对买杂木和砖瓦，请哥哥帮助订买。

迁移到斗龙五队，收入和风俗习惯方面没有新丰九队好。不过有了父母的帮助，我在外也多少能放心一些。

这次回家时间最长，共在家待了60天，把我累得够呛。由于去年的探亲假没有给（1967年度），又遇到特殊情况，今年的一起用上，结果还扣了18天的事假（26元多加附加工资7.2元，共33元多）。两次往返路费全报销，得到29.16元。这次买毛竹26元，杂木40元，茅草24担73元，被胎2条近10元。能对上账的就花了150元左右，还有80元左右不知花到哪里去了。新丰九队那里借了193元、4000块砖折人民币163.2元、667斤笆柴。总之结账下来有400多元，也不知哪一天能还清。

建造房屋

1968年5月22日（阴历四月廿六）回家建造房屋，但等我到家时房屋已经砌好了，原来在5月16日已开工。因为凑农闲，父母和哥哥、弟弟就提前动工了。这次我回来共待了22天，把家周围和屋内整理了几天，又把庄稼种了下去和追了肥。就领宁红回厂了。

我回家之前的13日，上班时，支队长孙增寿在办公室同我说："你20日左右真回去砌房屋吗？不要砌了吧，厂已经来人了，第三线要你去，张韩工程师还特地要你呢。"于是我赶快给家中去了一封信，哪知信到家时，房屋已经开工了，只好砌起来。这样一来对到第三线去，我俩又产生了新的想法。要是爱人能弄到城市户口，有工作，那就去；如果城市户口不能解决，又没有工作，那何必去呢？当然能离家乡近一些是最好的。

房屋砌好了，大家都说砌得结实、砌得好。欠新丰九队约500元，欠斗龙五队近150元，欠厂里60元。这对我来说是个天文数字，也不知道哪一天能还清！我会更加精打细算，力争早日还清。为了月萍能更好地参加劳动，我把4岁的宁红带到了南京。宁春大了，已经上学，在月萍身边不妨事。要是宁红在家，没有托儿所，跟着母亲下地，太阳晒、蚊虫咬咬，吵闹得月萍不能安心劳动。宁红虽小，但挺好玩，对我也有感情，总是喊爸爸。有时太调皮，我打了他，稍过一会，又来同我亲近，围住我不愿离开。

6月13日下午，睡过午觉，月萍把我和孩子送到三龙汽车站。我们一路很顺利地到南京，回到工厂。

这次回家请的事假，共计22天，实际事假18天，扣资26.53元，加之一月的附加工资，共30.13元，加上往返的路费总共50多元。现在两人在这里开支，每月节余寥寥无几，还要还债，今年没办法再寄钱回家了。

下面是这次建造房屋的消费情况——

毛竹：10根，26.36元。

杂木：0.4米，42.51元（运费1元）。

大、中砖：7000块，361.2元。

茅草：70块，193.45元（另外25担，70元）。

石灰：1000斤，19元（0.52元运费）。

黄沙：2.5吨，10.5元。

笆柴：667斤，43.35元（每一担6.5元）。

小瓦：1000块，约20元。

瓦工：40元。

其他另用：约100元。

合计856元左右，另外木工和小工都是大家帮助的，木料都是原有的，如果全部购买起来的话，得要2000元。

祖母的亡故

祖母生于1888年阴历四月初四，一个农民家庭，姓毛。卒于1968年10月9日（阴历八月十八），享年80岁，是在大丰县三隆公社龙东大队二叔家亡故的。祖母是个勤劳、朴实的家庭妇女，生了三男两女，都是农民。孙子孙女很多，以旧风俗讲祖母是有福气的。

祖母去世，理应全回去送葬。只因三叔和二姑住在启东，路途较远，没有回去，我也没能回去。祖母去世，儿孙这么多，理应很有福气，弄得很像样的。只因在二叔家去世，由于二叔家的某种原因，没有允许做送老活动。虽也在家放了三天，但声势不大，连吹鼓手都没有请。这跟二叔家在本地的群众威信有关，做儿孙的已尽了心意了。

第三个孩子

1968年6月14日（阴历五月十九），我带着宁红来南京，不觉8个月过去了，带着宁红除在南京玄武湖、新街口、鼓楼、大行宫、夫子庙、雨花路等地玩外，还经常带着他到溧水县去工作（每月要去好几次），也到安徽省滁县、大柳去了一次，并看到了南京长江大桥。爱人的第三胎也快临产了，我要回家很好地服侍她，争取把之前月子里坐下的病都祛除。

我带着孩子于1969年2月5日晚乘着长江轮船离开了南京。一路波折，9日很晚才到家。事情很巧，第二天，也就是10日（阴历前一年十二月廿四）早上7点30分爱人生产了。当天，天快亮时，她叫我起来煮早饭但不要惊动家人，虽然肚子痛但万一不生被人家说，因为前两个孩肚痛了一天多才生的。等到快吃早饭了，她叫我喊母亲和接生的来。小孩的衣已经破了。我扶住她，心中很着急，母亲也很着急，怪我们不早讲。等了七八分钟，接生的赶来，跑得气喘吁吁，一进房门就看到孩子的一只脚已下来了。接生的有些紧张，也怪我们不早点请她，后来不知怎么三弄两弄把孩子另一只脚也弄了下来，这时揪住两只小脚使劲拉。弄得接生的满脸是汗。孩子被拉了下来，我们才松了一口气。但小孩不但没有哭声，连心跳都没有。接生的拎着两只脚，倒着不停地拍胸部，约七八分钟后终于有了心跳。这时接生的才收衣胞，把大人弄上床，把孩子的脐带一剪。

因为是难产，爱人身体恢复得比较慢，十多天没有很好地出一身汗，满月了身体还是比较虚弱。由于她近期不能参加生产，我在家又要扣工资，两人商量后，我于3月15日（正月廿七日）回南京了。这次月子里，我一样活儿都不要她干，给她父母上坟也等满了月3月13日（阴历正月廿五）才去的。我内心一直觉得愧对她，没尽到做丈夫的责任。

三子生于1969年2月10日（阴历前一年腊月廿四），取名红春。

在盐城相逢

时间好快啦，回厂已经八个多用了，很惦记家里。不知道家里厨房砌了没有，不知道家里粉刷好了没有。国庆节到了，厂里又补假三天，趁这机会，我就请了五天半事假，回家探望。1969年9月26日晚离开厂，27日从镇江乘轮船，28日到盐城，当天赶到家。事情真巧，我到盐城轮船码头，连忙买到方强农场的轮船票，看好开船时间，准备好行李，想到市内去看看。忽然一部自行车被一个小孩带倒，我抬头看了一下这小孩。突然看到，月萍抱着孩子站在我的斜对边，我连忙走过去，把东西接了过来。没想到在这里偶遇，两人有说不出的高兴。一人挑着三四十斤东西，一人抱着孩子，两人高高兴兴回到了家。天已经黑了，我们就在父母那里吃了晚餐。

这次回来，我本想设法弄到瓦或者茅草，把厨房砌起来，搞到石灰的话，把家里粉刷一下，结果材料全部没有搞到。只是帮助家里把几扇门和一根屋梁用桐油擦了一下，把花生挖好，栽种好，把队里给的草割好。

这次回家虽然时间比较短，但是我和妻子进行了深入沟通，彼此交了心，更加体贴对方了。

8日上午，魏仲琏同志来我家了。这是为了解决我调到大丰县和盐城专区来工作的事情。领导们看到我的实际情况，于是写公函、派专人来解决。由于大丰县的整党建党工作还没有搞好，斗、批、改还没有搞出头绪，各单位的运动还在深入，所以暂时不能安排，要等到明年（1970年）二三月份才能答复。老魏来征求我的意见，顺便了解一下我的家庭情况。他说："问题不大，事情还是自己去跑跑好办。"具体如何，怎么办，他没有说。但我心中有一点数，看来我调回家附近工作的事，还是能实现的。

从这件事，我深深地感到领导对我还是很关心的，这一点我应该感谢党、感谢同志们。今后我一定好好完成各项任务，用毛泽东思想来不断地改造自己，克服困难，不断前进。

爱人来宁

我1960年从部队转业到国营513厂，1961年10月在新丰九队结婚成家。转眼10年了，现在有三个孩子，负担越来越重。对于我的问题，本来领导上研究为了方便我照顾家庭，打算让我去三线。我也是乐意的。可是后来情况发生了变化，1969年二三月份，调往三线工作开始后，经三机部和三线厂研究，根据三线地区的情况，家属的户口解决不了，故决定凡家在农村的职工和临时工一律不调往三线工作。

三线决定不去了，但不能长期和爱人、孩子分居两地，互相照应不到。怎么办呢？我就产生调回本地工作的念头，于是打了报告要求回本县（大丰县）或本专区（盐城专区）工作。1969年10月初，车间派魏仲琏到大丰县联系，又到盐城专区联系。盐城专区同意接收我回去工作，于是厂里把我的档案寄到盐城。后来，厂里又叫我去检查身体，还把前面三年的表现做了鉴定。我觉得快要离开南京了，便写信给爱人，叫她来南京玩玩，看看长江大桥，以后没有这样好的机会了。信写出去了，不知爱人来不来，也不知哪一天到。12月15日（阴历十一月初七）我们去溧水工作，下午四点多钟，听说我爱人来了，还是杜虎同志从中华门（汽车站）接来的。一见爱人来了，心中十分高兴，把爱人安排在集体宿舍里（我一人住）。

这次月萍把宁春和红春带来了南京。我带他们观看了长江大桥，到了古楼（人民广场），到了新街口（东方广场），到了大行宫、雨花路、三山街、夫子庙、山西路等，还带到广州路龚跃芳那里玩了一次。在这里将近一月光景，1970年1月13日（阴历前一年腊月初六）早晨离开南京市，从大江南穿过长江大桥，直奔苏北而去，14日我把爱人和孩子送到了家。

我这次利用探亲假把爱人送回家，参加了几天生产队劳动，把石灰滤好、茅草弄到家中。到县民政组姓林的同志那里，了解了调动的情况。他说："人员已经决定好的，具体分配到什么行业，还没有研究。"他问我什么时间回南京，我说大约28日，他说："你走时来一下，可能那时候就研究好了。"我29日再来，县民政组姓林的同志说："还在研究，春节前给你们单位去信。"第二天早上6点50分我乘坐汽车，下午4点左右到南京市。

我乘飞机了

1970年3月到无锡硕放出差回厂没几天，组内又决定让我到武汉出差，3月10日安-12运输机飞来了。下午4点，我们10人从大校场乘机起飞。飞机升高了，由于天气不好，通过紫金山，就渐渐看不清地面，一直在云上飞行。一个多小时后，飞机在武汉机场着陆。这时我们在武汉警备区招待所（跳伞队住在这里）住了八天之久。

工作完成后，我参观了武昌、伟大领袖毛主席旧居，参观了武汉长江大桥，到汉口玩了一天。武汉市的建筑很不错，很坚固而且楼比较多。18日我们乘东方红七日轮船，经过两天一夜，19日晚回到了南京。这是我第一次到武汉，本来可以乘飞机回南京的，由于没有乘过长江轮船，所以想开开"洋荤"。我们踏上了轮船，沿途经过黄石、九江、安庆、池田、陶陵、芜湖、马鞍山等九个码头，看到了长江两岸的美景。

这次出差，我只到九江买了六只碗，花钱不多。

3月25日我们一行六人乘着安-12运输机从大校场又起飞了。这次天气好，地面看得比较清楚，飞行高度是5700米，速度也在500公里/时左右，一个多小时后着陆武汉。在机场吃了一顿中餐，下午乘坐运-5运输机飞郑州。在郑州工作了一天，27日下午乘部队汽车，来到开封南院。

4月9日晚10点多钟，我们踏上火车离开了开封，10日上午回到工厂。

这次到郑州、开封买了不少东西，如牛皮带一根、羊毛皮大衣一件、蚊帐纱120尺、白布16.6尺、缝纫线和人造丝花布7尺、红毛线、缝鞋口斜条40条等，包括伙食零用共花了128元左右。

调 回 家 乡

孩子闯祸

4月10日从开封回来后，同曹锡冲同志闲谈，了解了一下我工作调动的情况。还是没有消息，只好等。

4月14日我们从溧水县工作回来，郭继轩同志递给我爱人的来信。拿到手一看，怎么信角烧过？我心中一惊，不知家中发生了什么事。原来是4月10日宁红玩火，把厨房烧了，把烧锅草也烧了。我很气愤，怎么没有吸取1967年火灾的教训呢？真是败家子！下午两点左右，在大校场召开活学活用毛泽东思想讲用会，我把信交给魏仲琏同志，晚饭后我又找杜虎汇报了这一情况。处在这样的情况，心中很急又很苦，请求单位尽快解决我调动工作的事情。他们同意帮我再追问一下，叫我先写信回家安慰家中。等到26日，杜虎只同我说："这工作现在还不行，省、市还没有准动。"我也无法，只能等，也只好打了一份申请。

13日接到爱人来信。孩子玩火4月10日把厨房烧了，厨房内的东西无一幸免，包括堆在厨房旁全年要用的烧锅草。本人经济上更加困难，一时无法解决和安置好家庭。特申请借人民币350元，从6月份开始每月归还20元。

1970年4月16日

把申请第二天给了，几天后，杜虎已去信给生产队，等待处理。4月20日，我爱人来信了，内有一份申请，要求厂里解决困难。生产队和工会批示、盖章后转交给了老魏。

4月20日从赵大昌、曹锡冲那里了解到，省、市人事已经准许动了。第二天我就又找老魏讲了这些情况，请他追一下。晚饭后我又找杜虎同志，说现在省、市人事已动了，请你们把我的事赶快处理。他说："今天我去了，厂里要研究一下，看看是否对整个运动有影响。"我说："我的情况你是知道的，我现在很着急，越快越好。"

4月25日，我接到鸣初弟弟的来信。他在信中把家中情况简单地说了一下：损失了40元左右，生产队很关心救济了20元。小厨房20日已经砌起来了，爸爸为我出了很大力，其次就是大哥。厨房10尺长、7尺宽，很结实。两边山墙用的砖，前面砖的后面泥的，砌了两口灶。这样一来，我虽然放下了心，但感觉难以报答大家。

我的希望实现了

由于"斗批改"运动的深入，"一打三反"运动的到来，南京市的人员调动工作暂时不动。这使我调回本县工作，不知拖到哪一天才能实现。

时间一天一天过去，我们有时去政工组追问，但得不到明确答复。1970年5月3日一上班，我到车间办公室想问问今天的工作安排，当时负责车间的杜虎同志正好在办公室。他见了我就说："你调回本县工作的通知，现在已经来了，不要去试放了。在厂里把工作移交一下，到厂政工组报道，办理迁移手续，好好地准备准备。"回到小组办公室，组长魏仲琏同志也上班了，他把我叫到外面，把情况又告诉了我，叫我把车间和厂里一切事务移交和上交。

我听到了这个消息，心中十分激动，就把自己所负责办理的事、自己的防务用品、负责的互助金全移交了，也卸了我这个小组政治宣传员的担子。我把厂里手续办好，把市内的人事和户口办好，把行李捆好。一切都准备好了，在南京玄武湖、中山陵等玩了一下，到朋友家告了别，先把行李带到汽车站托运，一切都办好只等东风。

我们这些调动工作的，厂里只给每人解决三只纸盒子、一点捆行李的绳头。而那些去三线的人每人一只伞箱，一两个提包。我经常同住厂军代表一起工作，关系搞得还不错，又加之老魏同志主动关心，就请军代表帮忙解决一只军箱。军代表同意解决一只，并帮忙挑了一只比较好的。我很满意。车间又解决我几根伞绳。这是对我的特别照顾，我很感谢！

5月11日下午4点左右到了大中集，先到劳动分配组说了一下。第二天回家待了几天。18日到县里报到，看分配到什么单位工作。由于县直单位都在县里开会，我就住在县招待所，22日上午从县劳动调配组老林那里了解到我被分配到飞轮厂。随即到飞轮厂，由于是厂休日，厂里没有什么人。找到丁正副主任，向他报了到。下午就到汽车站把东西运了回来，由于厂里住宿紧张，先住办公室。第二天厂里负责人员调配的郁志奎找我和一起调回来的曹锡冲谈了一下，又领我们参观了厂。了解了我们的特长，征求了我们的意见，再来研究分配的工作。我们把行李都弄好了，向厂要求回家处理一下家务。厂里同意后，我回家请人把家里粉刷好后，5月30日来厂，6月1日上班分配工作。我被分到四工段（四排）装配车间，同徐厚吉同志一起工作，我以他为师。工作就是斗争，这是我第一次接触这项工作，一切都是生疏的，必须好好学，才能适应工作的需要。

回家乡工作的一年

回到大丰一年了，回想一年来自己有了哪些进步，干了些什么，我感到很有必要。只有不断地总结，才能进步。我在部队做电台通信工作，到工厂做的是电台和记录工作，现在改为搞热处理工——淬火。这是新的工种，我必须重新学习。看到厂里的淬火工作，又热又脏又有气味，还带有毒性，天天同铁和油打交道，思想上是不愿意干这工种的。我提出搞钳工和电工，可是领导没有同意。

6月1日上班后，把我分配到装配车间。由于淬火的人少了，7月14日（阴历六月十二）又叫我搞淬火的工作。经过一段时间的工作，初步摸到了淬火工作的规律和要领，能担负淬飞壳和飞底盖工作，但对各种模具的淬火，还是一窍不通，还得好好向老师傅学习。

6月中旬，领导叫我参加县里的军事游泳训练班。我和厂里的季明在党校学习了一个星期，主要是了解游泳的伟大意义，尤其是蛙泳在军事上的重要性，开展游泳活动。

随着广播事业的发展，为了适应备战的需要，电信局和广播站对广播进行改革。各单位抽调了一些人员，进行广播载波化大会战。厂里又把我抽调去，8月5日（阴历七月初三）到广播站搞了近三个月。由于我们大丰载波化搞得不错，得到首长的好评。

通过半年多的努力奋战，各方面表现还是不错的，所以1970年度，我被评为"五好职工"。这是同志们对我政治上的关怀和鼓励，也对我提出更高要求。自己各方面做得还是很不够，距离党和人民的要求还很远。接下来，我会更加好好学习毛主席著作，不断改造世界观。用自己的实际行动，在革命中发挥自己应有的作用。

回大丰后，我的工资减去地区差是35元。1971年6月份，又把我的工资减到飞轮厂二级工的工资，拿31元。郁志奎说："这是县的规定，理解的得执行，不理解的也得执行。"

宁梅女儿的诞生

月萍再次怀孕后，一直吃不下饭，吃了就要呕吐。临近预产期，1971年1月10日我用自行车把月萍带到三龙人民医院妇产科检查，医生说："已经见血了，可能最近几天生产。"傍晚，月萍的肚子痛得更厉害了，我就叫鸣珍妹去请接生的人（陈克其的老婆）。大概到半夜的样子，胞衣破了，由于月萍的身体虚弱，时间拖得比较长了，一时难产，到1月11日早上6点左右才生下来。

接生的说："你们想什么来什么，是个女孩。"我还不太相信，后来给看了才高兴。这是宁梅的诞生——1971年1月11日。

我们已经是四个孩子的父母了，根据我们的精力和经济情况，四个孩子已经够了，不想再要了。1月18日我用自行车送月萍到三龙人民医院做绝育手术。因为月萍有些咳，在医院观察了两日，等到20日（阴历腊月廿四）上午动了手术。月萍一点没有什么顾虑，第一个进手术室，这天我二妹来看望，后来大妹、嫂子都去医院看望，还有我母亲也去看望。26日出院正好回家过春节。由于月萍产孩和动手术，在春节前我忙着照应她，大年初一才炒花生、做圆子。

月萍生孩子，又动了手术，我必须好好地在家照顾她。这是一件大事，所以马虎不得，在家一个多月。我补了几天假，又加之在春节期间，所以只扣了我14天事假。

总之，红春和宁梅两个孩子属于难产，月萍确实吃了不少苦也比较危险。但愿这两个孩子长大了，能够孝顺、热爱和体贴母亲。

我 的 族 谱

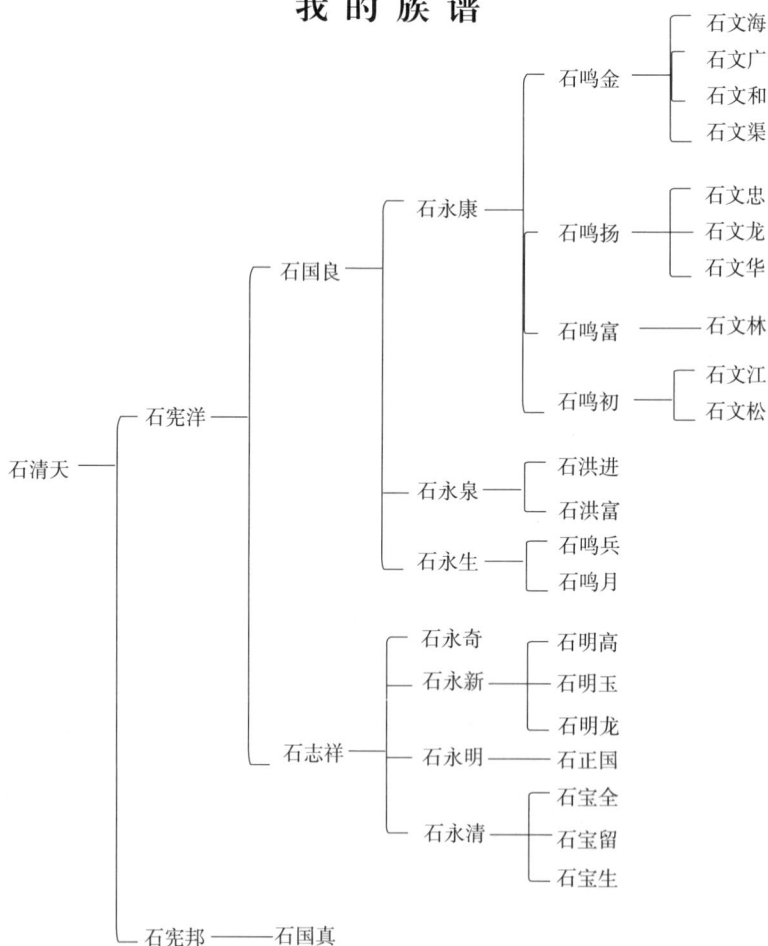

我的大家庭成员一览表

姓名	称呼	生肖	出生年月（阴历）
永康	父亲	虎	一九一四年七月廿二
兰珍	母亲	兔	一九一五年三月廿六
鸣金	大哥	鸡	一九三三年五月廿三
鸣扬	本人	猪	一九三五年二月十六
鸣芳	大妹	牛	一九三七年二月十二
鸣兰	二妹	兔	一九三九年二月十二
鸣富	三弟	羊	一九四三年五月廿四
鸣珍	三妹	猪	一九四七年三月二十
鸣初	四弟	牛	一九四九年八月二十
鸣娟	四妹	龙	一九五二年三月十三
鸣英	五妹	马	一九五四年一月十三
鸣秀	六妹	鸡	一九五七年四月初六

我的小家庭成员一览表

姓名	称呼	生肖	出生年月（阴历）	出生年月（阳历）
月萍	爱人	蛇	一九四一年八月初八	1941年9月28日
文忠	大儿	虎	一九六二年十一月十二	1962年12月8日
文龙	二儿	蛇	一九六五年四月初三	1965年5月3日
文华	三儿	猴	一九六八年腊月廿四	1969年2月10日
文梅	女儿	狗	一九七〇年腊月十五	1971年1月11日

后记

　　过去不会简单地过去，今天的一切是过去的积累，今天的积累又是明天的起点。一点一滴，每一步都是算数的，所以说——再回首，并不恍然如梦；再回首，昨日重现，如同就在眼前。本书正是对过去的回忆与总结。两代人的青春是本书的主题。

　　今年的日子多了些回忆，努力让现在的自己与过去做一次交流，以希望过去助力现在，让青春之我赋能今日之我，这也是我翻阅这些旧作的背景与动机。现在的生活节奏太快，特别是在上海，以至于无暇有意识地看看曾经走过的岁月与来时的路。因此，利用生活、工作之余的闲暇时间，看看自己来时的路，这在现今的社会是一种奢侈，但又是我们认识自我、发现自我、把握自己人生使命的重要途径之一。怀念青春，点赞青春，从中找到力量，这也是我们今后人生的动力之源。就我的人生履历而言：从小学、初中、高中，到大学、硕士、博士，再到访问学者，从高级律师到副教授、教授是我过往的主要风景。这些构成了我人生的主线。经历了这些"激情燃烧的岁月"之后，无论对自己还是对社会，究竟留下了什么？阅历即是财富，我们的经历就是丰富的宝藏，需要不断地开发。但对很多人而言，我们没有珍惜过去，没有珍惜我们的阅历与经历，以至于成为过去的"匆匆过客"。

　　岁月并不经用，2021年已成过去，感谢2021年所有关心、帮助过我的人，感恩岁月的不弃与不负，感怀2021每一个美丽的日夜。愿未来可期，2022年一切更好，愿这些作品能够给社会送去一股清风、一种力量、一种对生活的新感受。同时，我也深知任何作品都是遗憾的艺术，如有不妥之处，还望各位多多包涵。

最后借此机会感谢所有关心、帮助过我的人，您的鼓励与支持是我前行的动力。

石文龙

2022年1月3日修正于上海